「创造最有价值的阅读」

“阅读力”指导专家委员会

顾　问：朱永新

主　任：曹文轩

成　员：(以姓氏笔画为序)

王士荣　方卫平　朱芒芒　刘克强　杜德林
何立新　张伟忠　张祖庆　周其星　周益民
胡　勤　顾之川　倪文尖　黄华伟　梅子涵
章新其　蒋红森　滕春友

丛书主编：曹文轩

本书编写人员：王波芬

丛书统筹：王晓乐

名 著 阅 读 力 养 成 丛 书

契诃夫短篇小说选

◆ ［俄］契诃夫 著
◆ 沈念驹 译

浙江文艺出版社
Zhejiang Literature & Art Publishing House

图书在版编目(CIP)数据

契诃夫短篇小说选 / (俄罗斯)契诃夫著；沈念驹译. —杭州：浙江文艺出版社，2019.1
(名著阅读力养成丛书)
ISBN 978-7-5339-5502-1

Ⅰ.①契… Ⅱ.①契… ②沈… Ⅲ.①短篇小说—小说集—俄罗斯—近代 Ⅳ.①I512.44

中国版本图书馆CIP数据核字(2018)第275149号

责任编辑 岳海菁 周琼华
装帧设计 吕翡翠
责任校对 陈 玲
责任印制 吴春娟

契诃夫短篇小说选

[俄]契诃夫 著 沈念驹 译

出版 浙江文艺出版社
地址 杭州市体育场路347号
邮编 310006
网址 www.zjwycbs.cn
经销 浙江省新华书店集团有限公司
制版 杭州兴邦电子印务有限公司
印刷 杭州富春印务有限公司
开本 710毫米×1000毫米 1/16
字数 163千字
印张 13.5
插页 2
印数 00001-20000
版次 2019年1月第1版 2019年1月第1次印刷
书号 ISBN 978-7-5339-5502-1
定价 29.00元

团购电话：0571-85064309

出版说明

阅读不仅关乎个人的素养和语文教育的水平，也关乎整个社会的风尚和文明的品质。因此，国家统编语文教科书加强了阅读设计，提倡将阅读往课外延拓，倡导1＋X的群文阅读模式，增加了课外阅读的比重。语文学习要建立在广泛的课外阅读的基础上，这既是教材编写的重要理念，也成为越来越多的人的共识。

浙江文艺出版社以文学立社，出名著，出精品，几十年来在古典文学、现当代文学、外国文学、儿童文学等领域积累了大量的资源和优秀的版本。早在2003年起就陆续推出“语文新课标必读丛书”，为中小学生的经典名著阅读助力，深受欢迎。随着国家统编语文教科书的使用，2017年开始，浙文社面向师生做了大量的教材使用调研。在深刻了解阅读教育的实际情况后，秉承国家统编语文教科书的编写精神和教学需求，我们多次邀请并集聚读书界、语文教育界、文学界、出版界等领域的专家把脉会诊，群策群力，为中小学生和老师们精心策划、精心编辑，推出了这套“名著阅读力养成丛书”。

这是一套充分领会国家统编语文教科书的编写精神，围绕阅读，紧扣教材，涵盖小学、初中、高中的名著阅读力养成丛书；不仅强调要读什么，更强调应该怎么读。该丛书由曹文轩先生担纲主编，延请一线教学名师，对入选的每一部作品编写阅读指导方案，阶段不同，阅读指导方案也略有差异，如“专题探究”板块，通过有针对性的阅读方法训练，把教学的目标要求融入到“专题探究”的设置中，熔铸着一线精英名师的教学思想精髓和对阅读的不懈探索。这样，通过阅读力养成训练，可以有方法有步骤地引领学生完成整本书阅读，了解小说、散文、诗歌、戏剧等不同文体的特征，切实有效地提高学生的阅读水平和阅读能力，同时也给老师的教学实践提供一种参照与借鉴。

该丛书紧扣教材要求阅读的书目，收录两类书：一类属于核心书目，如初中语文教材中“名著导读”里的书目、小学语文教材中“快乐读书吧”中的指定书目等；另一类属于拓展书目，指课文后要求阅读的作家作品，这些作品的阅读或帮助学生拓展对所选作家创作的了解，或增加对相应文体的认识和理解，起到拓展视野的作用。

该丛书在版本选用上精益求精。对于名家名著，精挑细选经典权威版本；对于名家选本，追求代表性，或由该领域权威研究者编选，或由作家自己编选；对于外国文学名著，囊括一批资深翻译家的经典译本，如傅雷译《名人传》《欧也妮·葛朗台》、力冈译《猎人笔记》等。由于“五四”白话文运动的发轫与推进，中国现代文学作品在语体上有着鲜明的用语特色，我们在编校中参阅相关文献对少量字词和标点做了适当的修改，尽可能地保留作品的原貌。

该丛书在设计上充分考虑阅读的舒适感和青少年的用眼卫生，尽可能地采用大号字体、米黄纸张，做到版面疏密有致、图书轻重得宜等。所有这些，旨在推出一套真正面向学生、服务学生的青少年版丛书。

培根说：“读书足以怡情，足以傅彩，足以长才。”经典名著的影响力是不可估量的，一本好书能够让一个人终身受益。让我们种下阅读的种子，学会阅读，爱上阅读，在阅读中唤起灵性和兴味；让我们在多姿多彩的阅读的花园里，去领略丰美而自由的天地！

浙江文艺出版社

总　序

曹文轩

“新课标”以及根据“新课标”编定的国家统一中小学语文教材，有一个重要的理念：语文学习必须建立在广泛的课外阅读基础之上。

语文学科与其他学科的重要区别是：其他一些学科的学习有可能在课堂上就得以完成，而对于语文学科来说，课堂学习只不过是其中的一部分，甚至不是最重要的一部分；语文学习的完成须有广泛而有深度的课外阅读做保证——如果没有这一保证，语文学习就不可能实现既定目标。我在有关语文教育和语文教学的各种场合，曾不止一次地说过：课堂并非是语文教学的唯一所在，语文课堂的空间并非只是教室；语文课本是一座山头，若要攻克这座山头，就必须调集其他山头的力量。而这里所说的其他山头，就是指广泛的课外阅读。一本一本书就是一座一座山头，这些山头屯兵百万，只有调集这些力量，语文课本这座山头才可被攻克。一旦涉及语文，语文老师眼前的情景永远应当是：一本语文课本，是由若干其他书重重包围着的。一个语文老师倘若只是看到一本语文教材，以为这本语文教材就是语文教学的全部，那么，要让学生从真正意义上学好语文，几乎是没有希望的。有些很有经验的语文老师往往采取一种看似有点极端的做法，用很短的时间一气完成一本语文教材的教学，而将其余时间交给学生，全部用于课外阅读，大概也就是基于这一理念。

关于这一点，经过这些年的教学实践，加之深入的理性论证，语文界已经基本形成共识。现在的问题是：这所谓的课外阅读，究竟阅读什么样的书？又怎样进行阅读？在形成“语文学习必须建立在广泛的课外阅读基础之上”这一共识之后，摆在语文教育专家、语文教师和学生面前的却是这样一个让人感到十分困惑的问题。

有关部门，只能确定基本的阅读方向，大致划定一个阅读框架，对阅读何种作品给出一个关于品质的界定，却是无法细化，开出一份地道的足可以供一个学生大量阅读的大书单来的。若要拿出这样一份大书单，使学生有足够的选择空间，既可以让他们阅读到最值得阅读的作品，又可避免因阅读的高度雷同化而导致知识和思维高度雷同化现象的发生，则需要动用读书界、语文教育界、文学界、出版界等领域和行业的联合力量。一向有着清晰领先的思维、宏大而又科学的出版理念，并有强大行动力的浙江文艺出版社，成功地组织了各领域的力量，在一份本就经过时间考验的书单基础上，邀请一流的专家学者、作家、有丰富教学经验的语文老师、阅读推广人，根据“新课标”所确定的阅读任务、阅读方向和阅读梯度，给出了一份高水准的阅读书单，并已开始按照这一书单有步骤地出版。

这些年，我们国家上上下下沉思阅读与国家民族强盛之关系，国家将阅读的意义上升到从未有过的高度，无数具有高度责任感的阅读推广人四处奔走游说，并引领人们如何阅读，有关阅读的重大意义已日益深入人心。事实上，广大中小学的课外阅读已经形成气候，并开始常态化，所谓“书香校园”已比比皆是。现在的问题是：阅读虽然蔚然成风，但阅读生态却并不理想，甚至很不理想。这个被商业化浪潮反复冲击的世界，阅读自然也难以幸免。那些纯粹出于商业目的的写作、阅读推广以及和各种利益直接挂钩的某些机构的阅读书目推荐，造成了阅读的极大混乱。许多中小学生手头上阅读的图书质量低下，阅读精力的投放与阅读收益严重不成比例。更严重的情况是，一些学生因为阅读了这些质量低下的图书，导致了天然语感被破坏，语文能力非但没有得到提高，还不断下降。如果这种情况大面积发生，我们还在毫无反思、毫无警觉地泛泛谈课外阅读对语文学习之意义，就可能事与愿违了。现实迫切需要有一份质量上乘、定位精准、真正能够匹配语文教材的阅读书目以及这些图书的高质量出版。

我们必须回到“经典”这个概念上来。

我们可能首先要回答“经典”这个词从何而来。

人们发现，这个世界上的书越来越多了，特别是到了今天，图书出版的门槛大大降低，加之出版在技术上的高度现代化，一本书的出版与竹简时代、活字印刷时代的所谓出版相比，其容易程度简直无法形容。书的汪洋大海正席卷这个星球。然而，人们很清楚地看到一个根本无法回避的事实，那就是：每一个人的生命长度都是有限的，我们根本不可能去阅读所有的图书。于是一个问题很久之前就被提出来了：怎么样才能在有限的生命过程中读到最值得读的书？人们聪明地想到了一个办法：将一些人—— 一些读书种子——养起来，让他们专门读书，让读书成为他们的事业和职业，然后由“苦读”的他们转身告诉普通的阅读大众，何为值得将宝贵的生命投入于此的上等图书，何为不值得将生命浪费于此的末流图书或是品质恶劣的图书。通过一代一代人漫长而辛劳的摸索，我们终于把握了那些优秀文字的基本品质。这些被认定的图书又经过时间之流的反复洗涤，穿越岁月的风尘，非但没有留下被岁月腐蚀的痕迹，反而越发光彩、青春焕发。于是，我们称它们为“经典”。

阅读经典是人类找到的一种科学的阅读途径。阅读经典免去了我们生命的虚耗和损伤。我们可以通过对这些图书的阅读，让我们的生命得以充实和扩张。我们在这些文字中逐渐确立了正当的道义观，潜移默化之中培养了高雅的审美情趣，字里行间悲悯情怀的熏陶，使我们不断走向文明，我们的创造力因知识的积累而获得了足够的动力，并因为这些知识正确性，从而保证了创造力都用在人类的福祉上。阅读这些经典所获得的好处，根本无法说尽。而对于广大的中小学生来说，阅读经典无疑也是提高他们语文能力的明智选择。

这套书，也许不是所有篇章都堪称经典，但它们至少称得上名著，都具有经典性。

2018年7月15日于北京大学

点击名著

关于作者

安东·巴甫洛维奇·契诃夫（1860—1904），俄国著名小说家、戏剧家。从青年时期起，契诃夫因家境困难开始为杂志刊物写稿，以此维持生计，开启了他的文学生涯。1884年，从莫斯科大学医学系毕业后，契诃夫在兹韦尼哥罗德等地行医，广泛接触和了解底层人民的生活状况。为了文学创作，他曾经在政治犯人流放地库页岛游历，并据此经历创作了影响深远的《六号病房》。1904年，契诃夫因肺结核病情恶化而遗憾离世。契诃夫被认为是19世纪末俄国现实主义文学的杰出代表，其短篇小说堪称典范，主要作品有《小官吏之死》《变色龙》《套中人》等。他与法国作家莫泊桑和美国作家欧·亨利并称为“世界三大短篇小说家”。

关于内容

契诃夫以杰出的短篇小说成就闻名于世。他在二十多年的创作生涯中共写了四百多篇中短篇小说，选集收录了契诃夫的《小官吏之死》《变色龙》《六号病房》等代表性作品，让读者一窥沙皇统治时期俄国的社会图景。契诃夫截取日常生活中的片段，以冷静、沉稳、简洁的笔调叙述底层人民的苦苦挣扎，如《苦闷》《万卡》《牡蛎》里约纳与万卡悲惨的命运，以及贵族官吏的昏聩与麻木，如《小官吏之死》《变色龙》《六号病房》等；契诃夫张扬对自由、独立思想的追求，对觉醒者表示同情与赞扬，如《没有出嫁的新娘》；对思想僵化的堕落者则毫不留情地流露出讽刺和调侃，如《普利什别叶夫中士》《套中人》等。这些数量丰厚的短篇小说经典让契诃夫在世界文学史里铭刻下了自己的名字。

关于特色

契诃夫有言："简洁是天才的姐妹"，因此他常常从生活侧面的幽微处刻画人物性格，结构精巧，以小见大，从而剖析俄国社会与小人物生活的本质。他从不过分抒情，只是冷静客观地对事件进行描写，便让作品充满深沉而强烈的艺术魅力，其小说语言精练明快，质朴却意蕴深刻。

列夫·托尔斯泰非常推崇契诃夫，说："他就像印象派画家，看似无意义的一笔，却出现了无法取代的艺术效果。"雷蒙德·卡佛评价契诃夫的作品时，说："当某样东西可以超越语言的藩篱，穿过时空来触动你，你还要求什么呢？"

时间规划

契诃夫一生创造了数量丰厚的短篇小说，本书收录了他具有代表性的经典作品共十三篇。建议同学们用一个月的时间完成本书的阅读，同时能根据专题任务有所拓展。阅读之前，你可以参考下面的阅读计划表，也可以根据实际情况制订属于自己的阅读计划。

【阅读计划表】

阅读时间	阅读主题	阅读内容	
		精读篇目	略读篇目
第一周	底层人民的悲惨生活	精读篇目：《苦闷》《牡蛎》 精读重点：人物心理活动描写、人物语言、简洁的开头和结尾	略读篇目：《万卡》
第二周	小人物的奴性意识	精读篇目：《小官吏之死》《胖子和瘦子》《变色龙》 精读重点：人物言行、细节描写、讽刺手法	略读篇目：《跳来跳去的女人》
第三周	俄国沙皇专制制度下的典型人物	精读篇目：《套中人》《六号病房》 精读重点：社会环境、典型形象、讽刺手法	略读篇目：《变色龙》《普利什别叶夫中士》《小官吏之死》
第四周	契诃夫与鲁迅	精读篇目：《小官吏之死》《变色龙》《苦闷》《牡蛎》 精读重点：情节设计、夸张手法、对比手法、文本主题	略读篇目：《没有出嫁的新娘》《话说爱情》

专题探究

专题一：底层人民的悲惨生活

契诃夫坚持现实主义的创作传统，通过描写俄罗斯人民的生活片段，塑造具有典型性格的小人物，借此反映出当时俄罗斯社会的真实状况。他的作品往往蕴含着对贫苦人民的深切同情。小说《万卡》《苦闷》等便是其中的代表作。精读这几篇小说，思考作者是从哪些角度来表现小人物的悲惨生活的，体会契诃夫的悲悯情怀。

【任务1：做批注】阅读《苦闷》《万卡》《牡蛎》等，任选一篇，圈划出打动你的地方，并在旁边写上批注。和同学分享彼此的“动情点”，想想是什么打动了你。

【任务2：改写】叙述视角是指叙述语言中对故事内容进行观察和讲述的特定角度。同样的事件从不同的角度看去就可能呈现出不同的面貌，对不同的人而言也会有不同的意义。请你尝试转换视角，以“父亲”为第一人称，改写契诃夫的《牡蛎》。提示：有人认为《牡蛎》一文写的是小人物的虚荣和被侮辱后的不知自尊，也有人认为《牡蛎》写的是底层人物的苦难和社会的冷漠无情，还有人理解为小人物的奴颜婢膝。你可以结合文本，揣摩父亲在决定乞讨时的心理，思考小说结尾父亲做手势的原因，在改写时，把你的理解表达出来。

【任务3：写小传】为万卡或约纳写一篇简短的个人传记。可以先梳理一下人物的家庭情况，再介绍人物的主要经历，通过典型事例来表现人物。结尾可以尝试用几个议论性的句子对人物或当时的社会进行评价。

专题二：小人物的奴性意识

奴性，是缺乏独立思想和平等精神的体现，它是暴力恐吓、利益诱惑和思想禁锢的产物。19世纪末沙皇统治下的俄国人民身上普遍存在着奴性特征，而契诃夫敏锐地察觉到了这一点，他描绘饱受压迫的底层人民的生活片段，塑造出了具有奴性意识的小人物形象。

【任务1：名词解释】“奴性意识”可以概括为三个主要的特征：缺乏独立思想、缺乏平等精神、对权力顶礼膜拜。请你尝试为“奴性意识”编写一个词条，从契诃夫小说中选择一个人物分析其“奴性”并举例说明。

【任务2：小小演说家】关于怎样才能成为一个自由的人，契诃夫写过一句振聋发聩的话：“把人身上的奴性一滴一滴地挤出去。”请以《奴性，请你走开》为题，写一篇课前三分钟演讲稿。先表明自己的观点，然后以契诃夫小说中的人物的语言行为素材进行分析论述，结合当今社会现实，探讨奴性意识的危害性，并思考如何将“奴性一滴一滴地挤出去”。

【任务3：课本剧】从《小官吏之死》《胖子和瘦子》《变色龙》中选择一篇，认真揣摩人物形象，适当增补细节，先将小说改写成小剧本，然后和同学合作，排练一个小品节目，并在班级或学校舞台上演出。

专题三：俄国沙皇专制制度下的典型人物

沙皇指的是俄罗斯封建时期的最高统治者的称号。俄国沙皇专制制度指的是在沙皇领导下的君主专制制度，沙皇拥有至高无上的权威。它经历了不断发展与强化的过程。到19世纪尼古拉一世统治时期，沙皇成为绝对的独裁者，通过严密的审查制度，禁止任何异议或不满的批评，加强官僚统治，因此，人民被牢牢钳制了自由思想的萌芽。

作为19世纪末俄国杰出的现实主义文学巨匠，契诃夫将自己的目光投向沙皇专制制度下的人物的命运，以讽刺的笔调揭露了专制制度的冷漠和虚伪。

【任务1：做批注】《套中人》《变色龙》是契诃夫讽刺小说的代表作。夸张和对比，是他常用的讽刺手法，请你找出两篇小说中的讽刺之处并做批注。

【任务2：画漫画】契诃夫擅于使用漫画式的写法，简笔勾画人物肖像，以形传神，来表现人物个性。请你为《套中人》或《变色龙》两篇小说的主人公设计一套外出服装，并画成漫画，还可以配上人物的标志性语言。

【任务3：写封信】《六号病房》是契诃夫笔下最富反抗精神的作品之一，犀利地揭露出沙皇专制制度犹如监狱、令人窒息的本质。本来是医生的叶菲梅奇，身体健康，精神正常，却因为与精神病人德米特里奇的愉快交谈，被关入了六号病房。他试图宣传自由的思想，号召人们觉醒，却被庸俗的社会现实所排斥。通过德米特里奇和叶菲梅奇两人的悲剧，作者以极大的愤慨，描绘了沙皇统治下的黑暗现实。假如时空开放，请你在安德烈·叶菲梅奇·拉京医生被关进六号病房之后，给他写封信。信中先表明你对这一事件前因后果的认识，然后说说你对这一事件的看法。

专题四：契诃夫与鲁迅

契诃夫和鲁迅都有学医的经历，鲁迅为救治国人的灵魂而毅然决定弃医从文，契诃夫起初则是因补贴家用而撰写小说。两位作家文化背景几乎完全不同，他们的小说创作却有着惊人的相似。苏联作家法捷耶夫说："在同情并怜悯小人物但同时又了解他们的弱点这一点上，鲁迅和契诃夫是相似的。"

契诃夫和鲁迅的写作风格都是现实主义的，而且两位都擅长白描的手法，借生活片段来刻画人物形象，文辞凝练，发人深省，却又在辛辣的讽刺中传达了对小人物们深深的悲悯之情。

【任务1：做批注】选择契诃夫的一篇小说，发现其与鲁迅小说的关联点并做批注。

【任务2：写小说】两位作家主要生活在19、20世纪，但他们的思想仍给21世纪的人们以警醒。现在，我们身边还有类似的现象或人物吗？或者说，曾经类似的现象已经在慢慢改变？请你以《______在21世纪》为题，在横线上补上契诃夫小说中某个人物的名称，发挥合理想象，写一篇短篇小说，写出你的独特发现。

【任务3：小论文】有人称鲁迅为“中国的契诃夫”。请你阅读鲁迅的《呐喊》（小说集）、《彷徨》（小说集）、《朝花夕拾》（散文集）等，从小人物形象塑造、讽刺艺术、环境描写等方面进行探究，选择一个角度（也可另选其他角度）写一篇小论文，探究两位作家的异同点。

目录
CONTENTS

小官吏之死

在一个美好的夜晚，有一位同样美好的庶务官伊凡·德米特里奇·契尔维亚科夫，坐在剧院第二排，用望远镜在观赏《科尔涅维尔的钟声》①。他看着戏，觉得心旷神怡。然而突然……小说里常会遇到“然而突然”这种字眼。作者没有错：生活就是这样充满着突发事件！然而突然他的脸皱了起来，眼珠向下翻动，呼吸也停了下来……他把望远镜从眼前拿开，低下头，于是……阿嚏！！！您看到，他打了个喷嚏。无论何人，无论何地，打喷嚏是禁不住的。农民打喷嚏，警察局局长也一样打喷嚏，就连三等文官有时也要打喷嚏。谁都会打喷嚏。契尔维亚科夫一点也不觉得难堪，他用手绢擦了擦脸。作为一个懂礼貌的人，他看了看自己的周围：看他的一声阿嚏是否搅扰了什么人。可这时他不得不感到难堪了。他看到坐在他前一排的一个小老头正使劲用一只手套在擦自己的

“美好的夜晚”与“美好的庶务官”，谁又能想到这美好的开头，却是“不祥”的预兆呢？

契尔维亚科夫在观看歌剧时打了个喷嚏，不小心把唾沫溅到了一位将军级文官头上。这只是日常生活中的小琐事，被契诃夫拿来作为小说的素材，略带夸张，却又合乎情理。这就是源于生活而又高于生活的艺术。

① 《科尔涅维尔的钟声》，法国作曲家普朗盖特（1848—1903）的歌剧。

秃顶和脖颈儿，嘴里还喃喃说着什么。契尔维亚科夫认出了小老头就是将军级文官勃里沙洛夫，他在交通管理部门任职。

小官吏首先关注的是：“他不是我的上司，是别的机关的长官。”

“我把唾沫星子溅到他身上了！”契尔维亚科夫想道，“他不是我的上司，是别的机关的长官，不过总归不大好。得向他道声歉。”

契尔维亚科夫咳了一声，把身子凑向前面，轻轻地在这位长官的耳边说道：

第一次道歉。

“对不起，大人，我的唾沫溅着您了……我不是有意……”

“没事，没事……”

“看在上帝的分上请原谅我”，这算是第二次道歉。

“看在上帝的分上请原谅我。我实在……不是有意的！”

“哎，请坐下！让我听戏！”

契尔维亚科夫很尴尬，傻乎乎地微微一笑，开始向舞台上看。他看是看着，可是那种怡然自得的感觉却没有了。他开始感到惶恐不安。幕间休息时他向勃里沙洛夫走去，走到他身边，壮起胆子嘟嘟囔囔地说道：

“我的唾沫溅着您了，大人……请原谅……我实在……不是……”

第三次道歉。凡是正常人都会觉得“不耐烦”了。

“哎，别说了……我都忘了，您还在唠叨那件事！”大官说道，同时下唇不耐烦地轻轻动了动。

“说是忘了，可他的眼神却不怀好意，”契尔维亚科夫疑惑地望了望大官想，“他不愿和我说话。应当向他解说，说我根本没想过要这样做……这是本能反应，要不他会以为我有意向他吐唾沫。现在他不会这么想，可以后会这么想！……”

回到家里，契尔维亚科夫对妻子说了自己的失礼行为。在他看来，妻子对他刚才那件事的态度似乎过于掉以轻心，先是吓了一跳，后来听说勃里沙洛夫“不是本单位的”，也就放心了。

“不过你还是得走一趟，去道个歉，”她说，“他会认为你在大庭广众面前举止不得体。”

“就是嘛！我倒是赔了不是，可是他那样子有点怪……连一句相关的话也没有说。不过当时确实也没有时间交谈。”

第二天，契尔维亚科夫换了一套崭新的文官制服，理了发，就前往勃里沙洛夫官邸登门解释……走进接待室，他看见有许多求见的人，在这些人中间的正是这位大官本人，已经开始听取各种请求。询问了几位求见者后，大官把眼睛抬起来向着契尔维亚科夫。

“昨天在‘阿卡迪亚’戏院，如果大人想得起来的话，”庶务官开始汇报，“我打了个喷嚏……无意中把唾沫……请原谅……”

“我当什么事呢……天晓得！您有何贵干？”大官转向下一个求见者。

“他连话都不愿跟我说！”契尔维亚科夫脸色煞白，想道，“那就是说他生气了……不，这件事不能就这么算了……我要对他把话说清楚……”

当大官和最后一名求见者谈完话，起身向里间走的时候，契尔维亚科夫跨步跟上他，开始喃喃说话：

作者运用重复和渐进深入的描述技巧，形象生动地表现出一个把唾沫溅到将军级文官身上的小小喷嚏对小官吏的影响。所谓“眼神却不怀好意”，纯属小人物恐惧心理的自我暗示。

注意妻子的关注点。《胖子和瘦子》中，也有关于妻子的描写，可以对照阅读。

第四次道歉，他甚至感到了一种莫名的“恐慌”，以至于他不得不在第二天穿上新制服、理了发。

第五次道歉。这次得到的却是对方更加厌恶的训斥。极度的恐慌使得契尔维亚科夫的心理逐渐扭曲。小官吏背上了更为沉重的心理包袱。

第六次去“谢罪”。

小说是现实社会的缩影，貌似夸张的行为背后却有着真实合理的逻辑。是什么样的社会环境导致一个小官吏仅仅因为一个喷嚏便惶惶不可终日？

大官终于忍无可忍。“滚出去”三个字犹如《套中人》中瓦连卡对别里科夫的笑声，这三个字判了契尔维亚科夫死刑。

“大人！如果说搅扰大人是我胆大妄为的话，那我敢说，正是出于一种悔恨之情！您也知道，那不是故意的。”

大官摆出一副哭笑不得的面孔，挥了挥手。

“您简直就是在开玩笑，仁慈的先生！”他说着消失在门里面了。

“这怎么是开玩笑呢？”契尔维亚科夫想，“压根儿就没有一点开玩笑的意思！当了这么大的官，居然连这一点也不明白！既然这样，那我再也不想向这位自以为了不起的人赔不是了。算了吧！我给他写信，不想上门了！真的，不上门了。”

契尔维亚科夫在回家的路上这样想着。给大官的信他没有写。他想呀想，就是想不出该怎么写这封信。只好第二天当面去做解释。

“我昨天来打扰过大人，”当大官抬头把疑问的目光向着他的时候，他喃喃说道，“并非像您说的那样是为了开玩笑。我是因为打了喷嚏，唾沫溅着了您，才来道歉的……可‘开玩笑’三个字我连想都没有想过。我敢开玩笑吗？我们这样的人如果敢开玩笑，那就意味着对大人物的敬意……一丝一毫也没有了……”

“滚出去！”大官突然脸色发青，浑身发抖，大声吼起来。

“怎么啦，大人？”契尔维亚科夫吓得愣住了，轻声问道。

“滚出去!!”大官双脚跺地，又一次吼道。

契尔维亚科夫肚子里似乎有东西在翻腾。他什么也看不见，什么也听不见，倒退着向门口走去。到了街上，摇摇晃晃地走着……他木然地回到了家，衣服也不脱，往沙发上一躺……死了。

1883年

"死了"，无比干脆的结尾。

小说就是这样用夸张讽刺的笔法，揭露了沙皇专制制度的极端恐怖给小人物带来的心理压力。森严的等级制度，卑微的奴性意识，都可以置人于死地。类似这样的奴性心理，你是否也曾在鲁迅的小说中看到过呢?

胖子和瘦子

一句话就交代了地点、人物、人物关系、人物特征，体现了契诃夫一贯的主张：简洁。

关注胖子和瘦子的“嘴”，你从这些描写中读出了什么？作者用笔精练，寥寥几句就刻画出了胖子和瘦子不同的地位和生活处境。

刚见面的两段对话，每一句话都是感叹，的确是“既高兴又惊讶”。“噙满泪水”的“凝视”，可见儿时的友谊之深。

在尼古拉火车站，两个朋友相遇了：一个胖子，一个瘦子。胖子刚在车站里吃完饭，嘴唇油光光的，仿佛熟透的樱桃。他嘴里冒出赫列斯酒[1]和橙子花的气味。瘦子刚下车，扛着手提箱、包裹和纸板盒。他嘴里冒出西式火腿和咖啡渣的气味。在他背后，一个下巴长长的瘦女人探头探脑地张望着，那是他妻子，还有一个高个儿的中学生，眯缝着一只眼，那是他儿子。

“波尔菲里！”胖子见到瘦子叫了起来，“是你吗？亲爱的！咱们多少年没见面啦！”

“老兄！”瘦子惊叫起来，“米沙！小时候的朋友！你从哪儿来啊？”

两个朋友亲吻了三次，用噙满泪水的眼睛彼此凝视着。两个人既高兴又惊讶。

“亲爱的！”瘦子亲吻过胖子后开口说，“怎么也没有想到！太意外了！得了，你好好儿瞧瞧我！你和

① 赫列斯酒，一种烈性白葡萄酒。

当年一样，还是美男子一个！还是那么讨人喜欢，衣冠楚楚！哎，老天！你怎么样？发财了？结婚了？你看到我已经结婚了……这是内人，露易莎，娘家姓[①]凡曾巴赫……路德宗[②]教徒……这是我儿子，纳发纳伊尔，中学三年级学生。这个啊，纳法尼亚[③]，是我小时候的朋友！我俩在中学一起念过书！”

纳发纳伊尔稍稍想了想，摘下了帽子。

“在中学一起念过书！”瘦子接着说，“还记得吗？大伙儿怎么逗你？大伙儿叫你赫罗斯特拉特[④]，因为你用一根烟卷儿把公家的一本书给烧了；管我呢叫厄菲阿尔特[⑤]，因为我喜欢打小报告，哈哈……都是孩子嘛！你别怕，纳法尼亚！过去，靠他近点儿……这是内人，娘家姓凡曾巴赫……路德宗教徒。”

纳发纳伊尔稍稍想了想，躲到了父亲背后。

“朋友，你过得怎么样？”胖子热情地望着自己的朋友问道，“在哪儿做事？做到什么职务了？”

“我当官了呢，亲爱的！八等文官已经做了两年啦，还有一枚圣斯坦尼斯拉夫勋章。薪水不高……

瘦子滔滔不绝的一番话。回忆往事，打趣老同学，介绍家人，语气热情亲近，喜悦之情溢于言表。

瘦子带一点点自满之意，继续滔滔不绝。这里的话多，正是为了和后面的结结巴巴形成对比，使小说充满了漫画式的幽默和讽刺意味。

① 俄罗斯妇女出嫁以后按习俗从夫姓，只在需要说明时才提出嫁前的姓。

② 路德宗，16世纪欧洲宗教改革运动时期产生于德国的基督教新教宗派。创始人为马丁·路德。

③ 纳法尼亚，纳发纳伊尔的昵称。

④ 赫罗斯特拉特，古希腊人，为了出名，于公元前356年烧毁了古代艺术珍品阿泰密斯神庙。

⑤ 厄菲阿尔特，公元前5世纪中期雅典民主派领袖。

不过托上帝的福！内人教音乐，我呢，业余时间用木头做香烟盒。那些香烟盒可真不赖！我卖一卢布一个。要是有人一次买十个或更多一些，我就让点儿价。凑合着勉强过得去。原来嘛，你知道吗，我在厅里做事，现在嘛，调到这儿来当了个科长，还是在和原来相同的科室……以后要在这儿上班了。对了，你怎么样？大概当上五等文官了吧，嗯？”

“五等文官”，是瘦子所能接受的最高职衔，实际也是瘦子的随口奉承。

“不，亲爱的，你还得往高点儿数，”胖子说，“我已经做到三等文官啦……有两枚星章了。”

瘦子突然脸色煞白，呆住了，但是很快他的面孔向四面八方扭动，最大限度地挤出一副笑容来；他的脸和眼睛里似乎冒出了火星。他把自己的身子蜷缩了起来，佝偻了起来，缩小变矮了……他的手提箱、包裹和纸板盒也蜷缩了，变皱了……他妻子的下巴拉得更长了；纳发纳伊尔挺直了身子，扣上了自己学生装的全部扣子……

犹如相声一般，包袱抖开，瘦子的神情条件反射般发生了变化，十分“精彩”。瘦子的身子“缩小变矮了”，“矮小”的不只是身子，还有卑微的心。只是，纳发纳伊尔为何却是“挺直了身子”呢？

“我，大人……心里真高兴！朋友，可以说，从小就是了，可一下子当上了那么大的官！嘻——嘻——嘻。”

“哎，别说了！”胖子皱起了眉头，“干吗用这种腔调说话呢？我和你是儿时的伙伴——来那套官场客套干什么！”

“这种腔调”，契诃夫用精妙的语言描写，通过瘦子在神态、称呼以及语气上的变化，把瘦子这种几乎本能的谄媚，这份巴结逢迎的奴性表现得栩栩如生。这份夸张的卑微使他儿时的伙伴也忍不住恶心，原先那份美好的感觉荡然无存。

“那怎么成呢……瞧您说的……”瘦子嘻嘻笑了起来，身子蜷缩得更厉害了，“大人宽厚的恩惠……就如使人重生的甘露……这个，大人，就是犬子纳发纳伊尔……贱内露易莎，某种程度上说是路德宗教徒……"

胖子本来想说几句反驳的话，但是瘦子的脸上摆出的那副毕恭毕敬、阿谀奉承和低三下四的酸相，使得这位三等文官直感到恶心。他扭转身去，伸手向瘦子告别。

瘦子握了握他的三根手指，弯下整个身躯深鞠一躬，嘻嘻笑了起来："嘻——嘻——嘻。"妻子面露笑容。纳发纳伊尔啪的一声跨前一步，把学生帽也掉在了地上。全家三口既高兴又惊讶。

1883年

19世纪的俄国等级制度森严，等级观念深入每一个公民的骨髓。小说中，不仅仅是瘦子，他的妻子和儿子，也都对胖子（或者说他的官阶）有一种本能的恭敬和谄媚心态。虽然小说情节充满喜剧色彩，但掩卷沉思，却让人感到心酸和沉重。鲁迅的小说中也曾有类似的人物，你可以读一读鲁迅的小说集如《呐喊》等，也许会引发你更多的思考。

变色龙

警官奥楚密洛夫身穿新的制服大衣，手提一个小包，走过集市的广场。跟着他走在后面的是一个头发棕红的警士，拿着一只筛子，里面装满了没收来的醋栗。四周静悄悄的……广场上一个人也没有……店铺和小酒馆洞开的门户犹如一张张饥饿的嘴，垂头丧气地望着上帝创造的这个世界，附近连要饭的也没有。

“你竟敢咬人，该死的东西！”突然，奥楚密洛夫听见有人在喊，“伙计们，别让它跑了！如今狗咬人可不行！抓住它！哎哟——哟！”

传来狗的尖叫声。奥楚密洛夫向一旁望去，看见一条狗从商人皮丘金的柴房里跑出来，它用三只脚跳跃着跑路，不时回过头去瞧瞧。一个男人在它后面追，他身穿一件浆硬的印花布衬衫和敞开衣襟的坎肩。他跑着追那条狗，身子向前一倾，摔倒在地，抓住了狗的两条后腿。再次响起尖厉的狗叫和人的喊叫声——“别让它跑了！”从铺子里探出一张张睡眼惺忪的面孔。很快，柴房边就聚集了一群人，仿佛从地底下钻出来似的。

“看样子出事了，长官！”警士说。

奥楚密洛夫把身子微微向左一转，向人群走去。他看见上面提到的那个穿敞开的坎肩的人正好站在柴房门口，举着右手，把血淋

德米特里·卡多夫斯基《变色龙》

淋的指头给众人看。他那半醉的面孔上仿佛写着：“看我收拾你，坏东西！”而且那根手指本身就摆出了象征胜利的样子。奥楚密洛夫认出这个人就是首饰匠赫留金。人群的中央，叉开两条前腿、坐在地上浑身瑟瑟发抖的正是肇事祸首——一只白色小猎犬，它嘴巴尖尖的，背部有一块黄色花斑。泪汪汪的双眼流露出忧伤和恐惧。

“这儿发生什么事了？”奥楚密洛夫一面向人堆里挤，一面问，“你们怎么会在这里？你的手指又是怎么回事？……刚才谁在喊？”

“我正在走着，没招谁也没惹谁……”赫留金一面拿拳头捂住嘴咳嗽，一面开始说，“我和米特里·米特里奇正说着木柴的事，突然，这下流坯无缘无故就咬了我的手指一口……请原谅我，我是个干活的人……干的是精细活。要他们付给我赔偿费，因为——我这根手指会一个星期不能动弹……这样的事，长官，法律可没有规定要受畜生的糟践……如果每个人都遭狗咬，那在这个世界上最好就别活了……”

“嗯！……好……”奥楚密洛夫清清嗓子，耸了耸眉毛，严厉地说，“好……这是谁家的狗？这事我不会轻易放过。我要让他们知道把狗放出去满街跑的后果！该管一管这类不愿意遵守法令的老爷了！等我罚了他的款，这个坏家伙才会知道把狗或者别的畜生放出来的后果！我要给他点儿厉害尝尝！……叶尔德林，”警官对警士说，“去问个明白，是谁家的狗，做一份笔录！狗呢，宰了得了。立刻去办！这可能是条疯狗……这是谁家的狗，我问你们呢？”

“好像是日加洛夫将军家的！”人群中有人说。

“日加洛夫将军家的？嗯！……叶尔德林，把我的大衣脱下来……要命，这么热！看样子要下雨了……有一点我不明白：它怎么会咬你呢？”奥楚密洛夫对赫留金说，“难道它够得着手指头？它那么小，你一看就是个彪形大汉！你可能是手指让钉子戳了个洞，后来想到要敲诈一笔。你……可是这号人！我可了解你们这些鬼东西！”

“长官，他为了取乐拿烟卷儿烫它的脸，它可不傻，于是就啊呜一口咬了他……是个好事之徒，长官！”

“胡说，独眼龙！你又没见着，干吗要说谎？英明的长官先生清楚得很，如果有谁说了谎，那么在上帝面前他良心就要受到谴责……如果是我说谎，就让法官评评理。他的法律里可说到……如今人人平等……不瞒你们说……我就有一个兄弟在当宪兵……”

“少啰唆！”

“不，这不是将军家的狗……”警士煞有介事地说，“将军家没有这样的狗。他家的狗大多是猎禽犬……”

“你真有把握？”

“有把握，长官。”

“我自己也知道。将军家的狗都很名贵，是纯种狗，可是这一条——鬼知道是什么种！无论毛色，无论长相……只是一副贱骨头相……他家会养这样的狗？！你们的脑子到哪儿去啦？这样的狗要是在彼得堡或莫斯科，你们知道会怎么样？那里才不管法律不法律，马上——处死！赫留金你受苦了，这件事不能就这么算了……得教训教训！是时候了……”

“不过，可能真的是将军家的……”警士想着说出声来，“它脸上又没有写字……最近在他家院里见过这样的狗。”

“没错，是将军家的！”人群中有声音在说。

“嗯！……叶尔德林老弟，帮我把大衣穿上……好像起风了……好冷……你带它到将军家去问问。就说是我找着了给送去的……再告诉他们别把它放到外面来……它也许很名贵，如果每一头猪猡都拿烟卷儿戳它的脸，那很快就给毁了。狗是娇贵的动物……而你这个蠢货，把手放下！用不着伸着你那根可笑的手指头！都怪你自己不好……”

“将军家的厨子来了，问问他吧……嘿，普罗霍尔！亲爱的，过来一下！瞧瞧这条狗……是你们家的吗？”

“亏你想得出来！这种样子的狗我们家从来没有过！”

“那就不用再问了，”奥楚密洛夫说，“它是条野狗！现在多说也没有用……既然说是野狗，那就是野狗……把它弄死算了。”

“不是我们家的，”普罗霍尔接着说，“这是将军哥哥家的，他是最近到的。我们将军不喜欢小猎犬。他哥哥喜欢……”

“难道是他哥哥来了？是弗拉基米尔·伊凡内奇？”奥楚密洛夫问道。于是他的整张面孔开始露出深受感动的笑容：“你瞧，老天！我竟然一无所知！做客来啦？”

“做客来啦……”

“瞧你的，老天……想弟弟啦……我竟然不知道！那么这是他家的狗咯？真高兴……带上它……这小狗还挺不错的……多伶俐呀……照这人的手指头就是一口！哈——哈——哈……哎，干吗发抖？嗬儿……嗬儿……生气啦，小机灵鬼……这么小巧玲珑的狗崽子……”

普罗霍尔把狗叫到身边，带上它离开柴房走了……众人对着赫留金哈哈大笑。

“我早晚来收拾你！”奥楚密洛夫威胁他说，同时将大衣裹紧，继续沿集市广场，径直走去。

1884年

牡　蛎

我无须搜索枯肠，就能记起在那个秋雨霏霏的黄昏里，我经历的一切详情细节。当时我和父亲在莫斯科一条熙熙攘攘的街道上，我感觉到自己渐渐缠上了一种奇怪的疾病。没有任何疼痛，但是我的双腿却直不起来，话语哽塞在喉头，脑袋软绵绵地向一边歪倒……看样子我马上会翻倒在地，失去知觉。

假如当时我被送进医院，医生该在我的病情登记板上写上“饥饿①”这个词，这是医学教科书上不存在的一种疾病。人行道上，我的身旁站着我的生身父亲，他穿着一件破旧的夏季风衣，戴着一顶花呢帽子，里面露出一小块发白的棉花。他脚上穿着一双硕大而笨重的套鞋②。这个操劳忙碌的人担心人们发现他赤脚穿着套鞋，把一双齐膝的旧长筒皮靴绑到了脚上。

这个可怜而笨拙的人，五个月前来到首都谋求一

“无须搜索枯肠，就能记起”，可见事件给“我”的印象之深，开篇即引出，一下抓住了读者的眼球。

可以思考一下，本文为什么不像《万卡》一样用第三人称，而是采用第一人称？

① 原文为拉丁语。

② 指旧时雨天穿在鞋子外面的胶鞋，译者小时候还常见，现在已不可见，完全被雨鞋代替了。

个抄抄写写的职位，他那件考究的夏季风衣越是显得破旧肮脏，我越是爱怜他。五个月里面他都在城里奔波，寻找工作，直到今天才决计上街乞讨……

“考究”，作者用这个词来写父亲破旧肮脏的夏季风衣，你怎么理解？

我们对面是一幢三层的大楼，有一块蓝色招牌，上面写着“菜馆”二字。我的脑袋微微地后仰，歪向一边，我不由自主地向上看去，菜馆内灯火通明，窗户里人影闪动，看得见轻便管风琴的右侧，两幅石印的油画，吊挂的灯火……在朝其中的一个窗户里望的时候，我的眼睛盯住了一个发白的斑点。这个斑点是静止不动的，在一抹深棕色的背景上，它那直线的轮廓特别显眼。我竭力睁大眼睛去看它，认出这个斑点是墙上的一块白色招牌。那上面写有文字，但究竟写着什么，却看不清楚……

有半个小时的光景，我的目光没有离开过那块招牌。它以自己的白色招引着我的眼睛，仿佛对我的脑子施行了催眠术。我竭力想辨认那文字，然而我的努力是徒然的。

终于，我的疾病行使了自己的职权。

单句成段。幽默，辛酸的幽默，幽默的忧伤。

轻便马车的喧闹声开始使我觉得像雷声一样响，我从街头的臭味中分辨得出上千种气味，餐馆的灯光和街头的路灯在我的眼睛看来仿佛是耀眼的闪电。我的五个感官高度紧张，有了超常的感知力。我开始看到先前看不到的东西。

“牡蛎……”我分辨出了招牌上的字样。

一个奇怪的词！我活在这世上正好八年零三个月了，可从来没听说过这个词。它什么意思？这是不是餐馆老板的姓氏？不过带姓氏的招牌都挂在门口，不挂在墙上！

“爸爸，牡蛎是什么意思?”我努力把脸转向父亲一边，用嘶哑的嗓音问道。

父亲没有听见。他正在注视人群的动向，目送着每一个过往行人……从他的眼神，我看出他想对过往的人说点什么，但是那句命定的话语恰似一个沉重的砝码挂在他的唇上，怎么也不能脱口而出。他甚至跟着一个行人跨出了一步，触动了一下他的袖子，然而当那人回过头来时，他说了声“对不起”，显出一副尴尬的样子，退了回去。

“沉重的砝码”，多么形象贴切的形容！这里着力描写父亲欲言不能的细节，是自尊？是胆怯？还是虚荣？

亚历山大·阿普西斯《牡蛎》

“爸爸，牡蛎是什么意思?”我又问了一遍。

“这是那样的一种动物……它生活在海洋里……”

霎时间我便想象这种没见过的海洋动物。它应该

“我”的想象。不厌其烦地列举“可以做”的吃的东西，越饥饿越“想得要命”。与安徒生写卖火柴的小女孩在擦亮火柴时候的幻想，有异曲同工之妙。

是一种介乎鱼虾之间的东西。既然它生活在海洋里，那么当然可以用它做非常可口的热汤，里面放上香喷喷的胡椒和玉桂的叶子，可以做略带酸味的猪脆骨稠辣汤，还可以做虾汁调料，放洋姜的冷菜……我生动地想象人们把这种动物从集市上带来，麻利地将它清洗，麻利地将它塞进瓦罐……麻利再麻利，因为大家那么想吃它……想得要命！厨房里飘出炸鱼和虾汤的香味。

我感觉到这种气味正在刺激我的上颚、鼻腔，它正在逐渐控制我的全身……菜馆、父亲、白色招牌、我的衣袖——一切的一切都透出这种香味，它是如此浓烈，使我不由自主地咀嚼起来。我咀嚼着，一口口地吞咽着，仿佛口中真的有一块这种海洋动物的身体……

由于我感受到的那种美味，我的双腿蜷曲起来，为了不至于摔倒，我抓住了父亲的衣袖，将身体贴紧了他那湿漉漉的夏季风衣。父亲正在发抖，闭着双眼。他身体感到发冷……

“爸爸，牡蛎是素的还是荤的？”我问道。

“它们是活吃的……”父亲说，“它们长在硬壳里，就像乌龟那样，不过它们的硬壳由两个半片组成。”

可口的气味顿时停止了对我身体的刺激，幻觉也消失了……现在我什么都明白了！

“多么可恶的行为，”我悄声说，“多么可恶的行为！”

原来牡蛎是这么回事！我想象这是一种类似青蛙的动物。蹲在贝壳里的青蛙，从那里瞪着一双发亮的大眼睛，扭动着令人厌恶的嘴巴。我想象着人们把这种长在贝壳里的动物从集市上带回来，它有一对螯，发亮的眼睛和黏滑的皮肤……孩子们都躲避它，厨娘厌恶地皱起眉头，抓住这动物的一个螯，把它放到盘子里，往餐厅里送。大人们拿起它就吃……活吃，连它的眼睛、牙齿、爪子！而它却叽叽叫着，竭力想咬人的嘴唇……

我皱起了眉头，但是……但是我的牙齿为什么咀嚼起来？这东西凶恶，讨厌，样子可怕，可是我却吃它，贪婪地吃着，不敢辨别滋味和气息。一只被我吃了，我却已经看见第二只、第三只……那发亮的眼睛。我把这些也吃了……最后我还吃了餐巾、盘子、父亲的套鞋、白色的招牌……只要眼睛看到的一切我都吃，因为我觉得只有吃东西我的疾病才会消除。牡蛎睁着一双可怕的眼睛，令我恶心，我一想到它们就会发抖，但是我仍然想吃！吃！

“给我牡蛎吃！给我牡蛎吃！”我的胸腔里迸出这样的呼喊，我向前伸出双手。

“先生们，帮一把吧！”这时我听到了父亲低沉、压抑的嗓音，“不好意思求你们，但是……天哪！……我无能为力啊！”

“给我牡蛎吃！”我揪着父亲风衣的后襟喊道。

“难道你也吃牡蛎？这么小一个人？”我听到身边的笑声。

我们面前站着两个戴高筒礼帽的先生，笑着看我的脸。

“你，小家伙，吃牡蛎？真的？这挺有意思！你

作者把一个孩子的想象写得如此丰富细腻，突出了想象中的牡蛎十分恶心甚至可怕；与下文“我”把它吃下去形成鲜明的对照，从而突出“我”极度饥饿，带给读者强烈的冲击。

反复说“吃”“给我牡蛎吃”，并且是感叹句，突出了儿子的极度饥饿。

“身边的笑声”“笑着看我”，让我们联想到鲁迅笔下的咸亨酒店里众人的笑声。作者描写这一场面揭露和批判了社会的冷漠无情，引发读者对疗治这个社会的关注。

怎么吃呢？”

我记得有人用手使劲拖着我向灯火通明的菜馆里走。不一会儿周围聚集了一群人，好奇地笑着看我。我坐在餐桌边，吃着一种黏糊糊、滑溜溜、咸咸的、带有湿气和霉味的东西。我贪婪地吃着，不嚼，不看，也不知道自己在吃什么。我觉得，假如我睁开眼睛，就一定会看见发亮的眼睛，一对螯，尖利的牙齿……

用心品味契诃夫的语言，多么恶心的东西，又是多么疯狂的狼吞虎咽。没有任何煽情，只是这样冷静的描述，就足以让人泪目。

我突然开始咀嚼一样坚硬的东西。我听到咔嚓咔嚓的脆响声。

“哈哈！他在吃贝壳！”那群人在笑，“傻瓜，难道这东西能吃？”

我记得这以后我渴得要命。我躺在自己床上，由于胃灼痛和滚烫的嘴里有一股怪味，我无法入睡。我父亲从这一头到那一头不停地来回走，两只手做着手势。

作者始终不轻易表露自己的情感倾向，只用精准艺术的描写来说话，含而不露，耐人寻味。

“我大概感冒了，”他喃喃地说，“我觉得脑袋里有什么东西……似乎里面坐着一个人……也许这是因为，我今天没有……这个……没有吃过东西……我这个人，真的，怪得很，也笨得很……我看到这些先生为牡蛎支付了十卢布，我干吗不走近前去，请求他们借我几卢布呢？说不定他们会给的。”

快到早晨的时候我渐渐入睡了，我梦见一只长着长螯的青蛙，蹲在贝壳里，眼睛滴溜溜地转。中午的时候我渴得醒了过来，便用眼睛寻找父亲：他依然在来回踱步，做着手势……

一整夜不停走动做手势的举止，让我们分明看到一个因生活的艰辛而焦虑迷茫甚至即将崩溃的父亲，让我们更能体会到苦难对于父亲身心的摧残。再加上一个梦见“长着长螯的青蛙”的孩子，我们更加感受到了作者的悲悯情怀。

1884年

普利什别叶夫中士

“普利什别叶夫中士！您被指控于今年九月三日用语言和行为侮辱了县警察局的警察日京、乡长阿里波夫、乡警叶菲莫夫、见证人伊凡诺夫和加夫里洛夫以及六名农民，而且前三人是在执行公务时遭受您的侮辱的。您承认自己有罪吗？”

普利什别叶夫，一个满脸皱纹、上面长满粉刺的中士，双手下垂，身子挺立，用嘶哑而沉闷的声音一字一句地回答着，仿佛在发布命令：

“大人，治安法官先生！也许根据所有的法律条款有理由让双方都有权来陈述一切情况。有罪的并非本人，而是其他所有的人。本案完全是由一具死尸——愿他的灵魂进入天国——引起的。三日那天本人和妻子安菲萨平静而堂皇正派地在走路，我发现一群各式各样的人站在河岸上。百姓有何种充分的权利聚集在那里？——本人问。为什么？难道法律说过百姓可以成群结队地行走？本人就喊话：散开！本人开始将人们推开，让他们各自回家，并命令乡警揪住脖子把他们赶走。”

“请问，您既非警察，又非乡长，难道驱散民众是您的职责吗？”

“不是他的职责！不是他的！”听得出声音来自室内各个角落，

“他搅得大家没好日子过，大人！我们忍受他的折磨已经有十五年了。自从他退伍回来，村里人就巴不得逃离村庄了事。他开始折磨所有的人！”

“正是这样，大人！”证人村长说，“我们大家都在诉苦。和他一起，日子无论如何过不下去！我们捧着圣像走路也好，办喜事也好，或者比方说遇上什么事，他都会到处大喊大叫，吵吵嚷嚷，总是要摆出他那套老规矩。他揪孩子耳朵，跟在女人后面偷看，生怕出什么事，好像他是她们的公公似的……前几天还挨家挨户吩咐不许唱歌，不许点灯。说没有这样一条法律允许唱歌。”

“等等，您有时间作证，”法官说，“现在让普利什别叶夫继续说。接着讲，普利什别叶夫！”

“是！”中士用嘶哑的声音说，“大人，您说驱散民众不是我的职责……那好，大人……可如果没有秩序会怎么样呢？难道可以允许百姓无法无天？哪条法律写着可以放任百姓恣意妄为？我不能允许，大人。如果本人不出面驱散并予以追究，那又有谁出面呢？谁也不知道现行的规定，整个村子就本人一个，大人，可以说，知道如何对付普通身份的民众，而且，大人，什么都逃不过我的眼睛。本人不是庄稼汉，是中士，退役的军需给养员，在华沙服过役，在司令部里待过。大人，打那以后，请听本人说，自从正式退役，本人在消防队干过，后来由于体弱有病离开了消防队，又在古典非完全男子中学[1]当过两年门卫……我知道所有规矩，大人。而庄稼汉是普通人，什么也不懂，应当听从本人，因为那是为他们好。就以本案为例吧……我是在驱散众人，可是岸边沙滩上躺着一具溺死的尸体。请问凭何种这样那样的理由他会躺在这里？难道是规定？那

① 古典中学，旧俄时代以教授古希腊语、拉丁语和古希腊罗马文学为主的学校。

个县警干吗来着？我说你这个警察干吗不向上级报告！也许这个溺水的死者是自己溺水而亡，也有可能案子涉及流放西伯利亚的事，也有可能这是一件刑事凶杀案……可是县警日京却不当一回事，只管抽他的烟。他说：‘对你们指手画脚的家伙是什么东西？你们这儿怎么冒出这样一个东西来？难道少了他咱们就连自己的行为举止都不知道了吗？’我说，既然你这个十足的笨蛋杵在这里又不闻不问，也许你是毫不知情咯。他说：‘昨天我就报告区警察局长了。’我问，为什么报告区警察局长？根据法典的哪一条款？难道这样的案件，当案情关系到人淹死或者被勒死时，一个区警察局长管得了？我说现在是刑事案件，民事案件……我说现在应当向侦查员先生和法官们递送紧急报告，大人。我说首先你应该写成文书，派人送交治安法官先生。可他身为县警却只是听着，笑着。村里人也是这样。大家都在笑啊，大人。我发誓我指得出是谁在笑。这个人在笑，还有就是这个，还有日京，都在笑。我说，你们干吗咧着嘴笑？可是县警却说：‘这类案子不归治安法官管。’这句话简直叫我犯急。县警，这话你可是说过的？”中士向着县警日京说。

“说过。”

“大家都听见了，你当着所有百姓的面是怎么说的：‘这类案子不归治安法官管。’大家都听见了，你正是这样说的……大人，我犯急了，甚至害怕了。再说一遍，我当时说，再说一遍，你这个没出息的东西，看你说了什么！他还是这句话……我对他说，我说，你怎么能这样来说治安法官先生呢？你身为警察，竟然反对当局？啊？你是否知道，我说，治安法官先生只要愿意，就可以凭你的这句话以你有不轨行为为由将你送交省宪兵总队？我说你是否知道，凭你这句政治性的言论，治安法官先生可以把你发配到什么地方？可是乡长却说：‘治安法官不会管任何超越权限的事，他只管小案子。’他正是这样说的，大家都听见……你怎么敢，我说，贬低当局？我说那好，别跟我开玩笑，老弟，否则就没好果子吃。往常在华沙或者古典中学当门卫的时候，只要一听到什么不当言论，就往街上一瞅，见不见得着宪兵，我说‘老总请过来一下’，于是把一切都向他报告了。可今儿在乡下，跟谁说去？……我气极了。我感到受了侮辱，现如今的老百姓为所欲为、不听命令到了忘乎所以的地步了，所以我一拳打了出去……当然打得不重，而是这样，是的，轻轻打了一下，叫他不敢用这样的言论来议论大人您……县警替乡长打抱不平，所以我也揍了县警……于是就乱了起来……我是急躁了一点，大人，可是不打不行。要是遇见蠢货不打，心里就觉得过意不去。尤其在遇到案件，遇到破坏规矩的时候……”

“对不起！破坏规矩的事有人看见。见证这件事的有县警、村长、乡长……”

“县警什么事也没有管，再说，县警不理解我所理解的道理……”

“但是您得明白，这不是您分内的事！”

“为什么，大人？怎么不是本人分内的事？这令人难以置信，大人。有人说话没大没小，还不关我的事！难道我该去夸他们一番，是不是？他们向您控告我不许唱歌。唱歌会有什么好事？他们不做正经事，却在唱歌……还有，夜里点灯闲坐也成了风气。本该上床睡觉了，他们却在说说笑笑。我有记载，大人！”

“记了什么？”

“记了哪些人点灯坐着。”

普利什别叶夫从口袋里掏出一张沾了油污的纸，戴上了眼镜，念道：

“这些农民点灯坐着：伊凡·普罗霍罗夫、萨瓦·米基福罗夫、彼得·彼得罗夫。士兵舒斯特罗夫的遗孀和谢苗·基斯洛夫非法同居淫乱。伊格纳特·斯维尔乔克跳大神，他妻子马芙拉是巫婆，每逢夜间挤别人家的牛奶。”

“够了！”法官说。随后开始询问证人。

卡米耶·毕沙罗《法院大楼》

普利什别叶夫把眼镜推到前额上，惊讶地望着法官，因为后者显然不站在他一边。他那凸出的双眼发着光，鼻子变得又红又亮。他望望法官，望望证人，怎么也无法理解法官竟会如此激动，为什么从法庭的每个角落里时而传来一阵絮语，时而传来一阵有克制的笑声。判决也使他百思不得其解—— 一个月监禁！

“为什么？”他莫解地摊开双手说，“凭的是哪一条法律？”

有一点他是明白的，那就是世道变了，在这个世界无论如何再也无法待下去了。一些阴暗、心酸的念头涌上他的心头。然而当他步出法庭，看见村民们聚在一起说着什么时，由于他已无法控制的习惯，他又垂臂立正，用嘶哑而生气的嗓音喊道：

“百姓们，散开！不许聚会！各自回家！”

1885年

苦闷

契诃夫极少用题词，这一句话源自《圣经》，非常具有震撼力。细细品咂，语句的重点似乎更倾向于“向谁”而不是“烦恼”本身，有烦恼是令人痛苦的，而烦恼无处可诉无人可说，是更深重的孤独和苦闷。

主人公约纳和他的马。一个是“鬼影”，一个是“马形饼干”。两者都可以说不是活物，却偏偏又紧跟着点出“喧闹不绝以及往返奔波的人群”。约纳，属于这个人群吗？

我的烦恼向谁去诉说……[①]

薄暮时分，天色一片昏暗。一片片硕大的湿雪懒洋洋地在方始点燃的路灯边飘舞，降落到屋顶、马背、人的肩头和帽子上，成为薄薄的一层松软的积雪。马车夫约纳·波塔波夫一身雪白，宛如一个鬼影。他尽一个活人的躯体能达到的程度蜷缩起身子，坐在驾车人的座位上，纹丝不动，这时即使整个雪堆掉到他的身上，他似乎也不会觉得有必要把雪从身上抖搂掉……他的马也一身雪白，纹丝不动。它那静止不动和瘦骨嶙峋的身影，外加那棍棒一般直挺挺的四条腿，使它就近看来简直就像一块只消几文钱就能买到的马形饼干。看样子，它正在沉思默想。一匹马如果离开了犁杖，离开了它熟悉的灰蒙蒙的景色，被抛到这里，进入充满怪异的灯火、喧闹不绝以及往返奔波的人群的旋涡，它就不可能不沉思默想……

① 源自《圣经·旧约》的《诗篇》。

约纳和他的马一动不动地停驻在这里已经很久。上午他们就驾车出了马厩，可是还没有一个雇主。但是眼看着昏暗的夜色已经笼罩全城，苍白的灯光已显得明亮清晰，街上也变得热闹起来。

“马车，去维鲍尔格街！”约纳听到有人喊，“马车！”

约纳身子一颤，透过沾满雪花的睫毛缝看见一个穿着有风帽军大衣的军人。

“去维鲍尔格街！”军人又说了一遍，“你睡着了还是怎么的？去维鲍尔格街！”

为了表示已经答应，约纳拉了拉缰绳，于是从马背和自己的肩头抖落下一层积雪……军人坐上雪橇。车夫吧嗒着嘴唇，像鹅一样伸直了脖子，稍稍欠起身，扬起了马鞭，与其说这是出于需要，不如说是出于习惯。马也伸直了脖子，弯动自己棍棒似的腿，迟疑地挪动起来……

“往哪儿驾，死鬼！”一开始约纳便听到了黑暗里前前后后熙来攘往的人流中发出的叫喊，“鬼把你往哪儿带？靠右！”

“你车也不会赶！靠右边！”军人没好气地说。

一个赶四轮轿式马车的车夫骂他；一个跑过街的行人肩膀碰到了马脸，恶狠狠地瞪着他，同时掸掉袖子上的雪花。约纳在驾车人座位上如坐针毡，片刻不宁，两个臂肘左冲右撞，瞪着眼左顾右盼，疯了似的，似乎不明白身在何方，又为何会在此地。

“这些人都那么坏！”军人打趣说，“他们就一个

“棍棒似的腿”，再次点出马的瘦弱，暗示约纳的贫苦。

军人、车夫、行人，人群里四面八方砸过来的责骂和瞪视，原来，这“人群”是这样的冷漠。约纳恐慌、无助，他还沉浸在自己的苦闷中，但这个世界无端地对他没有好声气。

劲地撞你，往你马蹄下面钻。他们是说好了的。”

约纳回头望了望坐车人，微微动动嘴唇……看来他想说话，可是喉咙里什么话也没有说出来，只有沙哑的咝咝声。

第一个，约纳尝试想要倾诉的对象。

“怎么啦？”军人问。

约纳嘴一撇露出一丝笑容，喉咙使了使劲，才逼出了沙哑的话音：

军人做了回应，但也仅此而已。

“老爷……那个……我儿子这个星期死啦。”

“嗯！……怎么死的？”

约纳向坐车人转过整个身子，说道：

“谁知道！说不定害了热病……在医院里躺了三天就死啦……是天数。”

“我儿子这个星期死啦”，这一消息对坐车的军人而言，似乎与“得了感冒”之类的信息没有什么区别，无动于衷，如“湿雪”般冷漠无情。

“拐过去，死鬼！”黑暗里有人叫骂，“瞎了眼是不是，老狗？眼睛看着点儿！”

“走吧，走吧……”坐车人说，“照这样，我们明天也到不了。赶紧点儿！”

车夫又伸直了脖子，欠起身，做出很使劲的样子挥动着鞭子。随后他几次回过头去望车上人，但是那一位闭着眼，看样子没兴趣听他说话。他把客人拉到维鲍尔格街后，把车停在一家饭馆边，在驾车人的位子上蜷缩着身子，又一动不动了……湿雪又把他和马染成了白色。过了一个小时，又过了一个小时……

连用三个“又”，约纳的痛苦伤悲和孤独无依让人心酸。

人行道上响起套鞋踩地的橐橐声和彼此吵骂的声音，三个年轻人走了过来：其中两人个子高高瘦瘦，另一个长得矮小，是个驼背。

“马车，去警察桥！”驼子用发颤的声音喊道，

“乘三个人……给二十戈比！”

约纳拉紧缰绳，嘴里吧嗒了几下。二十戈比的价钱不够公道，不过他顾不上价钱……无论一卢布还是五戈比，现在对他来说反正是一码事，只要有主儿就行……年轻人彼此推来搡去，嘴里说着不干不净的话语，向雪橇走去，一下子三个人都向座位上爬去。于是开始商议解决的办法：哪两个坐下，哪一个站着。经过长久的吵骂、挑剔和指责，总算做出了决定：驼子应当站着，因为他个子最矮小。

“得了，出发！”驼子一面站稳身子，一面用发颤的声音说，嘴里吐出的气直往约纳的后脑勺上呵，“快点儿跑！看你那帽子，老兄！整个彼得堡找不出比这更差的帽子啦……”

契诃夫擅于在貌似不经意的描写中点出人物境况。“整个彼得堡找不出比这更差的帽子”，再一次让我们感知约纳的贫苦和凄惨。

“嘿嘿……嘿……”约纳笑出声来，“是破得不行啦……”

“瞧你说的，破得不行啦，快赶车！你就打算这么着一路把车赶下去，是吗？要不要吃脖拐儿？……”

“头痛得要炸开似的……”两个高个儿中的一个说，“昨天，在杜克马索夫家，我们俩和瓦西卡喝了四瓶白兰地。”

“我不明白干吗要撒谎！”另一个高个儿气呼呼地说，“跟畜生一样撒谎。”

“对天发誓，事实是……”

“这可是像虱子会咳嗽那样的事实。”

“嘿嘿！”约纳笑呵呵地说，“开心的爷们儿！”

约纳尝试着交流，却遭到了责骂。但即使是“骂”，也让约纳有了一种存在感，让他的“孤独感”渐渐消散。这看似违反常理，却更突出了约纳强烈的交流诉求。他不需要尊重，只需要那么一点存在感。

“呸，见鬼！……”驼子气冲冲地说，“你这个老不死的，走还是不走？有你这么赶车的吗？用鞭子抽它！驾！鬼东西！驾！狠狠抽！”

约纳感觉到背后驼子的身子在转动，喉咙里发出颤动的声音。他听到了对他的咒骂声，见到了这几个人，于是胸中的孤独感开始渐渐消散。驼子一直不停地骂人，直到一连串别出心裁、排山倒海似的骂人话把他呛住，从而爆发出一阵咳嗽为止。两个高个儿开始议论一个叫娜杰日达·彼得罗夫娜的女人。约纳回过头去看着他们。等他们的谈话出现一个短暂的间歇，他又一次回过头去喃喃说道：

“这个星期……嗯……我儿子……死了！”

“咱们大家都会死……”驼子咳嗽过以后，擦擦嘴唇，舒口气说，“得了，你快点儿赶，快点儿赶！爷们，我绝对不能再这么乘下去了！什么时候他才能把我们送到哇？”

“那你给他稍稍鼓点儿劲……往脖子上！”

“老不死的，听见没有？小心让你吃脖拐儿！……和你们这号人讲客气，还不如走路呢！你听见没有，刁蛇精？莫非你把咱的话不当一回事？”

于是约纳与其说是感觉到，不如说是听到后脑勺上啪的一响。

“嘿嘿……”他笑道，“开心的爷们儿……祝你们身体健康！”

“赶车的，你有老婆吗？”一个高个儿问。

“我吗？嘿嘿……开心的爷们儿！如今我只有一

个老婆，那就是湿漉漉的黄土……嘻……嘿嘿……也就是坟墓！……儿子呢，这不是，也死了，可我还活着……怪事，死神也会认错人……本该找我的，偏找上了我儿子……”

约纳转过头去想告诉他们儿子死去的经过。然而就在这时驼子轻轻叹了口气，说谢天谢地总算到了。约纳收下二十戈比硬币后久久目送着三个游荡者，直到他们在一个漆黑的门口消失。他又成了孤零零的一个人。寂寞又向他袭来……刚平息下去的忧愁没过多久又浮上了心头，更强烈地充塞他的心口。约纳不安而痛苦地打量着街头过往的人群——这成千上万的人里头会不会有一个人来听他诉说心中的苦闷呢？然而人们行色匆匆，既没有注意到他，也没有注意到他的苦闷……这苦闷硕大无朋，无穷无尽。如果约纳的胸口裂开，让这苦闷从胸口流溢出来，那么也许它会淹没整个世界；然而即便如此，人们依然看不见它。它巧妙地掩藏在这样一个微不足道的躯壳里，纵然你白天点灯也照样发现不了它……

“他又成了孤零零的一个人。寂寞又向他袭来”，越是无人倾听，越是无穷无尽。“成千上万的人”中，无一人注意到他渴望的目光。

“苦闷硕大无朋”，与“只恐双溪舴艋舟，载不动许多愁”异曲同工。

约纳看见手里拿一个小包的打扫院子的人，决计和他攀谈几句。

约纳第三个尝试倾诉的对象。

“亲爱的，几点啦？”他问道。

“九点多……你干吗停这儿？把车赶开！”

约纳把车赶开了几步，又猫起腰，沉浸在苦闷中……他认为再找人倾诉已无济于事。然而过了不到五分钟，他突然挺直了身子，抖了抖脑袋，仿佛感到了一阵尖锐的疼痛，于是拉紧了缰绳……他受不了了。

"回马厩去，"他忖道，"回马厩去！"

他的马仿佛明白他的意思似的，开始快步小跑。大约一个半小时后，约纳已经坐在一只大而脏的炉子边。炉炕上、地上、长椅上，人们正酣然而眠。空气既浑浊又闷热……约纳望望熟睡的人们，搔搔头皮，后悔不该早回来……

"连买燕麦的钱都没有挣到呢。"他忖道，"怪不得心里那么难过。一个人如果对自己干的事胸有成竹，如果不仅让自己吃饱，也能让牲口吃饱，他心里总归是踏实的……"

第四个想要倾诉的对象：车夫。

一个年轻的车夫从一个角落里起身，睡眼蒙眬地吧嗒几下嘴巴，迫不及待地向盛着水的桶走去。

"想喝水？"约纳问。

"是啊，想喝水！"

约纳直接进入倾诉核心"我儿子死了"，但这样一件人生大悲之事，并没有得到这个社会地位相同的车夫的任何回应。

"是这样……那尽情喝吧……老弟，我儿子死了……听说过吗？这个星期死在医院里……真倒运！"

约纳想看看自己的话产生了什么效果，然而什么效果也没有见到。年轻人已蒙上头呼呼入睡了。老汉一面叹气，一面搔头皮……他身不由己地想说话，就如年轻人身不由己地想喝水一样。儿子死去快一个星期了，可一路上他还没有跟一个人说说这件事……应当有条有理、从从容容说一说……应当说一说，儿子是怎么得的病，病得有多难受，临死前说了什么话，怎么死的……还得将葬礼和赶车到医院取死者衣物的情形形容一番。乡下还有一个女儿阿尼西娅……关于她也得说上几句……他现在该说的事还少吗？听的人应该啊啊惊叫，叹气，大声哭……和婆娘们说更好。婆娘们尽管傻，但是没听上几句就会号啕大哭。

“去瞧瞧马吧，”约纳想，“睡觉总来得及的……说不定还睡多了呢……”

他穿上衣服，向马厩走去，那里拴着他的马。他考虑着燕麦、干草、天气……当他一人独处的时候，他不能想他的儿子……跟随便哪个人说说他还可以，但是要他自己去想他、描述他的形象，那就可怕得受不了……

“你在嚼草？”约纳望着自己的马那发亮的眼睛问它，“好，嚼吧，嚼吧……既然挣不到买燕麦的钱，咱只好吃草啦……不错……我赶车已经嫌老了……应该让儿子来赶，而不是我……要是那样，他会是个地道的车把式……要是他还活着……”

这就是一个社会最底层的苦人儿，他不能自我拯救，他也没想过要改变命运，他只渴望能通过向别人诉说悲惨遭遇，让别人感受自己的苦痛，希冀别人能给予自己生存的安慰，借此寻求精神的解脱。但是，他没有亲人，没有朋友，拉车的客人、周遭的人们，都无视他的苦闷。

埃菲莫夫《苦闷》

小说将“人与人”的关系与“人与马”的关系相对比，使人的冷漠、自私和不耐烦与小母马“听着他说话，向它主人的手上呼着气”形成强烈的反差，对照人的悲苦和小母马的凄苦，更显示出人马相同的悲苦命运。这一笔让人深切体会到约纳牛马般的社会地位和现实处境，并且悲哀地意识到：这是一个凉薄的社会。

约纳沉默了一会儿，又继续说下去：

“如果那样，老弟，他可是干活的一把手……库兹马·约内奇[1]没有了……死了……无缘无故地突然死了……打个比方，现在你有了一匹小马驹，那你就是小马驹的亲妈妈……再打个比方，偏偏这匹小马驹突然间死了……你说可怜不可怜？”

马儿嚼着干草，听着他说话，向它主人的手上呼着气……

约纳说得忘情起来，便把一切都说给它听……

1886年

① 库兹马·约内奇，从上下文看应是老汉的儿子，因为约内奇是父名，即“约纳之子”的意思。

万　卡

万卡·茹科夫，一个九岁的男孩，三个月前被送到鞋匠阿里亚欣那里学手艺。圣诞节前夜他没有睡觉。等到东家和师傅们去晨祷了，他从东家的橱柜里取出墨水瓶、笔尖生锈的蘸水钢笔，在面前摊开一张皱皱巴巴的纸，开始写信。在动笔之前，他战战兢兢地回头看了几下门和窗，斜过眼去望了望阴沉沉的圣像，圣像的两边放着一排排搁板架，架子上放着鞋楦头，接着断断续续地叹了叹气。那张纸铺在长椅上，他自己则在长椅跟前跪着。

"亲爱的爷爷，康斯坦丁·马卡雷奇！"他写道，"我在给您写信。祝您圣诞节快乐，愿上帝保佑您万事如意。我没有爸爸，也没有妈妈，只剩您一个亲人了。"

万卡把目光移到黑魆魆的窗户上，窗户上映出闪闪烁烁的烛光，于是逼真地想象出他那在日瓦列夫老爷家打更的康斯坦丁·马卡雷奇爷爷的模样。那是个小巧、瘦削，但通常显得机灵、活泼的小老头，六十五岁光景，有一张总是带笑容的脸和一双醉意蒙眬的眼睛。白天他在仆人的厨房里睡觉，或者和厨娘们逗乐说笑，夜间就裹着一件宽大的皮袄在庄园四周巡逻、打梆子。老母狗卡什坦卡和公狗泥鳅耷拉着脑袋跟着他。那条公狗之所以叫泥鳅是因为它浑身黑色，身子长长的，像只银鼠。这条泥鳅显得异常恭顺温和，无论见到自己人，还是外人都挺温和，但是口碑并不好。它的恭敬和温和后面常常隐藏着极其狡诈阴险的心思。哪一条狗也不像它，会瞅准时机偷偷向人逼近，然后在腿上咬上一口，还会溜进冰窖里或偷食农民家的鸡。它不止一次被打断后腿，有一两次被吊了起来，每个星期都会被打个半死，然而每一次它都活了过来。

爷爷也许现在正站在大门口，眯起双眼望着乡村教堂红光耀眼的窗户，一面用穿着毡靴的脚有节奏地踩着步子，一面和下人们说笑。他的梆子拴在腰间。他时而拍拍手，时而因寒冷而把身子蜷缩起来，发出老年人嘻嘻的笑声，有时在女仆身上拧上一把，有时在厨娘身上拧上一把。

“闻闻烟草怎么样？”他把烟草盒递到婆娘们面前说道。

婆娘们闻了闻烟草盒，打起喷嚏来。爷爷变得难以形容地兴奋，发出欢乐的笑声，喊道：

“快抹掉，粘住了！”

他们把烟草给狗闻。卡什坦卡打着喷嚏，转动着嘴脸，觉得受了欺负，便走到一边去。泥鳅出于恭顺没有打喷嚏，只摇了摇尾巴。天气好极了。空气纹丝不动，清澈透明，沁人心脾。夜暗幽幽的，但是看得见整个村庄和村里白色的屋顶，从烟囱里冉冉升起的一缕缕轻烟，披上银霜的树木，雪堆。整个天空撒满了欢乐地闪烁着的星星，银河显得如此清晰，仿佛在节日临近之前被白雪清洗、擦净了……

万卡叹了口气，将笔尖蘸了蘸墨水又继续写下去：

“昨天我被揪住头发狠狠揍了一顿。东家抓住我的头发把我拖到外面，用皮条抽我，因为我在摇晃他们家睡在摇篮里的婴儿时无意中睡着了。这个星期女东家吩咐我给鲱鱼刮鳞，我从尾巴刮起，她却拿起鲱鱼，用鱼嘴往我脸上戳。工匠们嘲笑我，差遣我到小酒馆去买伏特加，唆使我偷东家的黄瓜，东家随便操起什么就往我身上打。吃的东西什么也没有。早晨给面包吃，中午给稀饭，晚上又是面包。至于茶和汤，都是主人自己喝。他们吩咐我睡在过道里，如果他们的婴儿哭了，我就压根儿没得睡，得摇摇篮。亲爱的爷爷，您行行好，带我离开这儿回家吧，回乡下去，我再也待不下去了……我向您叩头了，我会永远向上帝祈祷，带我离开这儿吧，要不我就没命了……”

万卡撇着嘴，用他的黑拳头擦擦眼泪，哽咽了一下。

“我会替您把烟草捣碎，”他接着写，“会向上帝祷告，如果我犯了什么过错，您就狠狠揍我。如果您觉得我没事可干，那么看在基督的分上，我去求管家让我洗靴子，或者接替费季卡去放牧。亲爱的爷爷，我熬不住了，只有死路一条。我曾想跑回村里去，可是没有靴子，怕冻坏了脚。等我长大了，就凭这一点我也会养您，不让您受任何人的气，如果您死了，我会祈求您的灵魂安息，就像替妈妈彼拉盖娅祈祷一样。

“莫斯科是座大城市，房子都是老爷们住的，马很多，就是没有羊，狗也不凶。这里小孩儿不举着星星走来走去[1]，也不让随便什么人进唱诗班唱歌。有一次我看见一家店铺的橱窗里有直接装好钓丝的吊钩卖，还有可以钓各种鱼的鱼钩，可贵呢，有一种钓钩禁得住一普特[2]重的鲇鱼。我还看见一些铺子里卖各式各样的猎枪，跟老爷家的一样，大概每把得卖一百卢布……肉铺里有黑琴鸡、榛鸡、兔子，从哪儿打来的，伙计们不说。

“亲爱的爷爷，等老爷家放上有礼物的圣诞树时给我拿个镀金

① 基督教在圣诞前夜有此习俗。

② 俄国重量单位，1普特合16.38千克。

核桃，放进绿色箱子里藏好。您就到奥尔加·依格纳季耶夫娜小姐那儿去求求，说替万卡要的。”

万卡猛然叹了口气，眼睛又呆呆地盯着窗户望。他想起爷爷每次到森林里为老爷家砍圣诞树总带着小孙孙。那真是欢乐的时光！爷爷得意地发出哈哈声，连严寒也发出得意的哈哈声，望着爷爷和严冬的景色，万卡也发出得意的哈哈声。爷爷在砍圣诞树前常常抽上一袋烟，长久地闻着鼻烟，暗暗笑那个冻得发僵的小万卡……包裹着严霜的小枞树静静地挺立着，等待着：它们中哪棵先送命？不知从哪儿冒出一只兔子，沿着雪堆箭一般飞跑而过……爷爷情不自禁地喊起来：

“抓住它，抓住它……抓住它！唉，短尾巴的鬼东西！”

爷爷把砍下的圣诞树拖进老爷的屋子，于是大家开始装扮它……忙得最起劲的是奥尔加·依格纳季耶夫娜小姐，她是万卡最要好的人。万卡的母亲彼拉盖娅还在世并在老爷家里当用人的时候，奥尔加·依格纳季耶夫娜给万卡吃冰糖，因为无聊，还教他读书、写字、数数到一百，甚至还教会他跳卡德里尔舞。彼拉盖娅死了以后，孤儿万卡被送到下人厨房里他爷爷身边，后来又从厨房送到莫斯科，在鞋匠阿里亚欣身边学手艺……

“来吧，亲爱的爷爷，”万卡继续写道，“我求您看在基督的分上，把我从这儿带走吧。可怜可怜我这个不幸的孤儿，否则我会不停地挨打，饿得要命，而且多么孤单，连话也没法说，只是不断地掉眼泪。前几天东家用鞋楦头打我脑袋，打得我倒在地上，好不容易才醒过来。我的生活毫无希望，连条狗都不如……我要向阿廖娜、向独眼的叶戈尔卡和车夫问好，我的手风琴可谁也不要给。我仍然是您的孙子伊凡[①]·茹科夫，亲爱的爷爷，来吧。”

万卡把写满字的纸页一折为四，放进昨天花一戈比买来的信封里……他想了想，蘸了蘸墨水，写上了地址和收信人：

乡下爷爷收

然后搔搔头皮，想了想，又添上一笔：“康斯坦丁·马卡雷奇”。他感到满意，因为没有人打扰他写信，他戴上帽子，也不披皮坎肩，只穿着衬衫出门向街上跑去……

昨天他向肉店的伙计打听过，他们告诉他信要投进邮筒里，由醉醺醺的车夫赶着三套马的驿车从邮箱取了信，摇晃着响亮的铃铛，分发到各地。万卡跑到第一只邮筒前，把珍贵的信塞进了缝里……

文森特·凡高《在火边的农夫》

他陶醉于甜蜜的幻想之中，一小时后深沉地睡着了……他梦见了炉炕，炉炕上坐着爷爷，耷拉着两条光脚的腿，在向厨娘们念他的来信……炉炕边泥鳅正摇着尾巴走来走去……

1886年

① 伊凡，万卡的本名，万卡是贱称。

跳来跳去的女人

一

奥尔加·伊凡诺夫娜的婚礼上，她所有的朋友和要好的熟人都到了。

“你们瞧瞧他，他身上还有点儿气质，是吗？”她朝丈夫那边点点头说，仿佛想解释自己为什么要嫁给这么一个普普通通、极其平凡、一点也不起眼的人。

她的丈夫奥西普·斯捷潘诺维奇·德莫夫是个医生，顶着九等文官的头衔。他在两所医院里做事：在一所任兼职住院医师，在另一所任病理解剖员。每天从上午九点到中午他接诊病人，在自己诊所看病，下午则乘有轨马车到另一所医院，在那里解剖已死的病人。他靠私人行医的收入堪称微薄，一年大约五百卢布。这就是他的全部情况。关于他还有什么可说的呢？不过奥尔加·伊凡诺夫娜，还有她的朋友和所有要好的熟人可不是等闲之辈。他们每个人都有自己的出色之处，也小有名气，已经有一定声望，被当作名流看待，或者有的人即使尚未出名，也是前程有望。一位话剧院的演员，是位早已得到公认的天才，一个风度翩翩、天资聪明和态度谦恭的人物，还是个出色的朗诵演员，教过奥尔加·伊凡诺夫娜朗诵；一位歌剧演唱家，是个心地善良的胖子，曾经叹着气对奥尔加·伊凡诺夫娜说她自己毁了自己：如果她不懒惰，并且能把握自己，她会成为一名杰出的女歌手；接下来是几位画家，为首的是里亚鲍夫斯基，一位风俗画家、动物造型画家和风景画家，又是一个非常英俊、长着浅色头发的年轻人，大约二十五岁，在画展上已经取得成功，最近一幅画以五百卢布的价格出手，他为奥尔加·伊凡诺夫娜修改过画稿，说她可能会有所成就；再接下来是个大提琴演奏家，他演奏起来琴声如泣如诉，坦率地承认自己所认识的女人中只有奥尔加·伊凡诺夫娜会伴奏；然后是一位文学家，年纪轻轻却已负盛名，写过中篇小说、话剧和短篇小说。还有谁呢？对了，还有瓦西里·瓦西里依奇，一个老爷，地主，粗识门径的业余插图画家，也为书页的首尾画画花饰，他对于古老的俄罗斯风格和壮士诗以及民间歌谣的韵味有强烈的感受，他在纸张、瓷器和熏黑的盘子上创造了名不虚传的奇迹。这群艺术界人士自由自在，被命运宠娇了，他们尽管态度和蔼、谦恭有礼，但是只在生病的时候才会想到医生这个行当，在他们眼里，德莫夫这个姓氏叫起来跟西多罗夫或塔拉索夫没有什么两样，德莫夫在他们中间似乎是个局外人、多余人和小孩子，虽然他身高体大。他身上那件燕尾服仿佛不是他自己的，那蓬胡子也仿佛是地主管家的胡子。不过，如果他是一个作家，他们或许会说他胡子像左拉[①]。

话剧演员对奥尔加·伊凡诺夫娜说，她那一头亚麻色头发和一身婚装，使她很像春日里缀满柔和白花的一棵亭亭玉立的樱桃树。

“别说了，您听我说！”奥尔加·伊凡诺夫娜抓起他的手对他说，“这件事是怎么会突然发生的呢？您听我说，听我说……应当

① 左拉（1840—1902），法国作家。

告诉您，家父和德莫夫在同一所医院工作。可怜的家父生病的时候，德莫夫整日整夜地在他的病床边守了几天。多大的自我牺牲呀！您听着，里亚鲍夫斯基……还有您，作家，也听着，有趣得很呢。你们都靠近些。多大的自我牺牲和真诚的同情呀！我也整宿整宿地不睡觉，坐在家父身边，突然间——这不，年轻小伙子的善心取得了胜利！我的德莫夫狂热地坠入了爱河。是的，命运常常是如此奇妙。就这样，家父故世以后他又时常来看我，在街头和我见面，于是有一天晚上——啪的一下！——他向我求婚了……真是意想不到……我哭了整整一宿，自己也没命地坠入了情网。就这么着，你们都看到了，我做了他的太太。可不是吗？他身上有某种强劲、壮实、像熊一样的力量。现在他脸部的四分之三面向我们这一边，光线不大照得到，等他转过脸，你们瞧瞧他的前额。里亚鲍夫斯基，您对这个前额有什么可说的？德莫夫，我们说你来着！”她向丈夫喊道，“过来。把你真诚的手伸给里亚鲍夫斯基……对，就这样。你们做朋友吧。”

德莫夫露出善意和天真的笑容向里亚鲍夫斯基伸出手去，说道：

“非常高兴。和我一起毕业的也有个里亚鲍夫斯基，该不是您的亲戚吧？”

二

奥尔加·伊凡诺夫娜二十二岁，德莫夫三十一岁。婚后他们的日子过得挺不错。奥尔加·伊凡诺夫娜将客厅的四壁挂满了自己画的和别人画的画稿，有的装框，有的不装框；又用中国雨伞、画框、各色布片、小刀、半身雕像、照片把钢琴和家具旁边的空间装点起来，布置得满满当当，又很美观……她在餐室的墙上贴满了民间木版画，挂上了树皮鞋和镰刀，墙角里放上割草大镰刀和耙子，于是一种俄罗斯风味就在餐室里诞生了。为了使卧室像山洞，她把墙壁和天花板蒙上一层深色呢子，床的上方挂上一盏威尼斯灯，房门口则放置一具手执斧钺的人像。人人都认为新婚夫妇有一个非常温馨的小家。

奥尔加·伊凡诺夫娜每天十一点左右起床，然后弹一会儿琴，或者，如果遇上晴朗天气，就画画油画。接着在快一点钟的时候乘车去找自己的裁缝。由于她和德莫夫手头相当拮据，只能勉强维持，所以为了在人前出现时总有新装或让自己的装束使人赏心悦目，她和她的裁缝就得煞费苦心要点花招。经常有这样的事：一件染过的旧衣服、一块一文不值的透花纱、一块花边、一块长毛绒和一块绸料简直会产生一个奇迹，成为一件叫人赞叹不绝的东西，那不是一件衣服，而是一种理想。从裁缝铺出来后，奥尔加·伊凡诺夫娜通常去看一个熟悉的女演员，听听剧院新闻，顺便张罗一下某部新剧首演或某次专场纪念演出的门票。从女演员家出来后需要去一个画家的画室或画展，然后去看望某位名流——邀请他登门做客或回拜，或者只是去聊聊闲天。所到之处人们对她都愉快友好相迎，说她漂亮、可爱，说这样的女人难得一见……那些被她称为名流和伟人的人，都把她当作自己人，或可平起平坐的人那样接待，异口同声向她预言，说凭她的天分、品位和智慧，只要专心致志，她一定会大有作为。她唱歌、弹琴、画彩色画、做泥塑、参加业余演出，不过这一切她都不是随意而为，而是体现了一种天分；不管做彩灯、化妆或者为哪一个人打领结——处处都会体现出不同凡响的艺术品位和优雅温馨的情趣。然而无论她的才干表现在哪个方面，都不如她的一种才能那样鲜明：她善于和名人迅速结识，并且直截了当，立刻成为知交。只要有人稍有名气并使人说到自己，她就已经和他认识，当天就成为朋友，而且请他来家里做客。每次结识新交对她来说都是不折不扣的喜事。她仰慕名人，因他们而感到自豪，每夜在梦里见到他们。她渴望结识名人，而且这种渴望永难消解。旧的走了，被遗忘了，又有新的走来接替；但是即使对这些新来的，她又习以为常了，失去了兴趣，于是开始贪婪地寻找一茬茬新的名人，寻到了又再寻找。为什么呢？

四点多钟她在家里和丈夫共进午餐。他的朴实、健全的思维和好心肠使她深受感动，欣喜若狂。有时她跳起来，激动地拥抱他的脑袋，在上面印遍她的热吻。

“德莫夫，你是个聪明、高尚的人，”她说道，“但是你有个至关重要的缺点：你对艺术毫无兴趣，你对音乐和绘画取否定态度。”

“我不懂，”他温和地说，“我一辈子搞的都是自然科学和医学，顾不上关心艺术。”

“这可糟糕透了，德莫夫！”

“可那为什么呢？你认识的那些人不懂自然科学，也不懂医学，可是你并不打算就此责怪他们呀。每个人各有所好。我不懂绘画和歌剧，但我这样想：如果一些聪明人将毕生奉献给这些事，另一些聪明人为此而支付大把大把的钱，那么这就表明这些东西是为人所需的。我不懂，但是不懂并不意味着否定。”

“让我握握你真诚的手！”

餐后奥尔加·伊凡诺夫娜去看望熟人，然后去看戏或听音乐会，回家已是后半夜了。天天如此。

每逢星期三她家里常举行家庭晚会。在这些晚会上，女主人和客人们既不打牌也不跳舞，而是通过各种艺术活动打发时光。话剧院的那位演员朗诵，歌手唱歌，画家们在纪念册上作画——奥尔加·伊凡诺夫娜有许多纪念册，大提琴手演奏曲子，女主人本人也作画、做泥塑、唱歌和伴奏。在朗诵、奏乐和唱歌的间隙就谈论抑或争论文学、戏剧和绘画等问题。没有女宾，因为奥尔加·伊凡诺夫娜认为除了女演员和她的裁缝，所有的女人都枯燥乏味，俗不可耐。没有一次晚会在进行过程中不发生这样的事：每当门铃响起时，女主人就会颤然一怔，脸上露出胜利的表情说道："是他！"这个"他"指的就是应邀而至的某位新名流。德莫夫不在客厅里，没有人会想到他的存在。然而在十一点半，通往餐室的门便会准时开启，德莫夫面含善意的温和的笑容出现在门口，搓着双手说：

"先生们，请用点心。"

大家走进餐室，每次都见到桌上一成不变的食品：一盘牡蛎，一块火腿或者牛肉，沙丁鱼，奶酪，鱼子酱，蘑菇，伏特加和两瓶葡萄酒。

"我亲爱的伙食总管！"奥尔加·伊凡诺夫娜兴奋得拍着双手说，"你真迷人！先生们，瞧瞧他的额头！德莫夫，转过半边脸去。先生们，瞧瞧，他的脸像孟加拉虎，可脸部表情那么和善可亲，跟鹿一样，哦，亲爱的！"

客人们吃着，望着德莫夫想道："真的，是个了不起的年轻后生。"不过不久大家就把他忘了，又继续谈剧院、音乐和绘画去了。

年轻夫妇过得很幸福，生活一帆风顺。但是蜜月的第三个星期却过得不太幸福，甚至有点凄凉。德莫夫在医院里感染了丹毒，在病床上躺了六天，还得把一头黑色的秀发剃个精光。奥尔加·伊凡诺夫娜坐在他身边，哭得很伤心，但是等他病情有所减轻，她用一块白色小巾将他剃光的头包起来，开始把他当模特儿，画成一个贝陀因人的形象，于是两个人都乐了。他康复后大约过了三天，又去医院上班，这时他又发生了一场新的虚惊。

"我的妈呀，我真晦气！"一次吃饭时他说道，"我今天解剖了四具尸体。我一下子割破了自己两个手指，而且回到家才发现。”

奥尔加吓坏了。他却淡淡一笑，说这样的事不足挂齿，他在解剖时经常割破手。

“我太投入了，我的妈呀，就不留神了。”

奥尔加·伊凡诺夫娜提心吊胆，担心他受到尸体感染，每天夜里向上帝祈祷，不过总算万事大吉。于是生活又平安幸福地流淌过去，没有忧伤，没有担惊受怕。眼前的光景和和美美，接着而来的是日渐临近的春天，她已经在远处笑脸相迎，预示着将会有上千种赏心乐事。幸福是不知有尽头的！四月、五月和六月是到城外远郊的别墅，散步，画画稿，垂钓，听夜莺的歌声，然后自七月至秋季开始之前，艺术家们将作一场伏尔加河上之旅，作为圈[①]内当然的一员，奥尔加·伊凡诺夫娜也将参加此行。她已经用麻布为自己缝制了两件出门穿的衣服，买了旅途用的颜料、画笔、画布和新的调色板。里亚鲍夫斯基几乎每天来看她，想看看她在绘画方面有什么长进。在她给他看自己画的风景画时，他把双手深深插进口袋里，紧闭双唇，鼻子里发出咝咝的吐气声，说道：

“是这样……您的这块云在大声呼唤：罩在它上面的不像是傍晚的光。前景似乎被吃掉了，一点点，您知道吗，不，那个……您画的这间小屋似乎被什么东西压着了，正在可怜巴巴地吱吱作响……这个角应当再暗些。总的来说还不错……我看好它。”

他越是说得云里雾里，奥尔加·伊凡诺夫娜对他的话越容易理解。

① 原文为法文的俄语音译。

三

在圣三主日[1]的第二天德莫夫买了食品和糖果，乘车到别墅去看望妻子。他和她已经两个星期没有见面，想得厉害。当他坐在火车里，然后在大片的林子里寻找自己的别墅的时候，他一直感到饥肠辘辘和劳累不堪，于是向往着在这空闲时间和妻子共进晚餐，然后躺下睡觉。所以望着那包食品时，他心里乐滋滋的，那里面有鱼子酱、奶酪和白北鲑鱼肉。

等他找到自己的别墅、认出它来的时候，太阳已经开始下山了。当女佣的老婆子说太太不在家，大概很快会回来。这幢别墅样子很难看，用书写纸裱糊的天花板低低的，地板高低不平，都是缝道。里面只有三个房间。一间房里放着一张床，另一间房里椅子上和窗台上胡乱堆放着画布、画笔、沾了油污的纸张、男人的大衣和宽檐帽，在第三个房间里，德莫夫遇见了三个陌生的男人。两个是留胡子的黑发男子，第三个胡子刮得光光的，是个胖子，看上去是个演员。桌子上茶炊里的水正开着。

"您有什么事？"演员用男低音问道，一面毫无礼貌地打量着德莫夫，"您找奥尔加·伊凡诺夫娜吧？请等一会儿，她马上就回来了。"

德莫夫坐下，开始等待她回来。黑发男子中的一个睡意未消，无精打采地望望他，替自己斟了杯茶，问道：

"也许您也来杯茶？"

德莫夫既想喝又想吃，但是为了不破坏自己的胃口，他谢绝了

① 圣三主日，基督教节日，在圣灵降临节后的第一个主日。

茶水。不久传来了脚步声和熟悉的笑声，门砰的一声响，于是奥尔加·伊凡诺夫娜跑进了房间，头上戴着宽檐帽，手里提着画箱，随她进来的是里亚鲍夫斯基，拿着一把大伞和一张折椅，高高兴兴，两颊通红。

“德莫夫！”奥尔加·伊凡诺夫娜叫起来，高兴得脸一下子红了起来。“德莫夫！”她又叫了一遍，说着把头和双臂靠到他胸口，“是你啊！为什么你这么久不来这里？为什么？为什么？”

“我哪有时间哦，我的妈呀！我老是忙，有空的时候呢，火车班次又不对。”

“可我见到你有多高兴！我整夜整夜地梦见你，担心你会生病。嘿，要是你知道，你有多可爱。你来得正是时候！你可是救我来了。只有你一个人能救我！明天这里将举行一个别具一格的婚礼，”她笑着，一面给丈夫打领结一面继续说，“结婚的是车站的一个年轻报务员，一个叫奇凯尔杰耶夫的人，是个漂亮的年轻人，当然不笨，而且，我告诉你，脸上有一种强有力的、熊一样的表情……可以借他的相貌来画一个年轻的瓦兰人[①]。我们所有来别墅度假的人都参加，答应出席婚礼……他不富有，只有孤身一人，胆子又小，谢绝参加他的婚礼当然很不好。你想象一下，午祷以后就举行婚礼，然后全体从教堂步行到新娘家里……你知道吗？有小树林，鸟儿的欢歌，草地上的日影。我们大家都是鲜亮的绿色背景上的一个个彩色的斑点——别具一格，带有法国表现主义的风味。可是德莫夫，我穿什么衣服去教堂？”奥尔加·伊凡诺夫娜哭丧着脸说，“我这里一无所有，名副其实的一无所有！既没有衣服，也没有鲜花，也没有手套……你应当救救我。既然你来了，那就是命运

① 瓦兰人，古俄罗斯人对北欧诺曼人的称呼。

亲自吩咐你来救我了。亲爱的，把钥匙拿着，回家去，那里，在衣帽间拿出我那件玫瑰红的连衣裙。你记得这件衣服，它挂在最前面……然后在贮藏室右边的地板上你会看见两只纸板箱。只要你打开上面那只，那里除了透花纱还是透花纱，还有各式各样的零头布，下面放着花。你取花的时候可要小心，千万别——亲爱的——把它弄皱了，以后我会挑选的……还有手套，你去买了来。”

“好，”德莫夫说，“明天我乘火车去，然后捎回来。”

“哪儿还有明天？”奥尔加·伊凡诺夫娜问道，同时惊讶地望着他，“明天你怎么来得及？明天头班火车九点发车，婚礼十一点就要举行。不，亲爱的，应当今天走，必须今天走！如果明天你来不了，就托邮递员捎来。好了，走吧……旅客列车马上要来了。别误了班，亲爱的。”

“好。”

“唉，我真舍不得放你走，”奥尔加·伊凡诺夫娜说，于是泪水涌上了眼眶，“我这个傻瓜，干吗答应那个报务员？”

德莫夫匆匆喝了杯茶，拿起一只小面包圈，温和地微笑着去车站了。鱼子酱、奶酪和白北鲑鱼则留给了两位黑发男子和胖演员分享。

四

在七月的一个宁静的月夜，奥尔加·伊凡诺夫娜站在伏尔加河上一艘轮船的甲板上，有时望着河水，有时望着美丽的河岸。她身边站着里亚鲍夫斯基，对她说水中的黑影不是影子，而是梦，由于这带有奇异光彩的神奇河水，由于这深邃无底的天空和忧郁沉思的两岸，这诉说着我们生活的空虚和某种崇高、永恒、幸福的事物存

伊凡·艾瓦佐夫斯基《伏尔加河》

在的两岸，最好忘却自我，失去生命，使自己成为回忆。既往的一切俗不可耐、了无趣味，而生活中这奇异、唯一的夜晚也行将终结，汇入永恒——干吗还要活着？

奥尔加·伊凡诺夫娜时而倾听里亚鲍夫斯基的话音，时而倾听黑夜的宁静，此时她也在想，她是不朽的，永远不会死。她从未见过的碧绿的河水、天空、河岸、黑影和充溢她心灵的说不清的喜悦，都在告诉她，她将成为一名大画家，而在远方某处，月夜的后面，无穷无尽的空间里，等待着她的是成就、光荣和人们的爱戴……当她目不转睛地久久凝望着远方的时候，她仿佛觉得那边有人群、灯火、庄严的音乐、欣喜若狂的欢呼，她自己穿着白色连衣裙的身影，还有从四面八方向她纷飞而来的鲜花。她还想到，那双肘支着船舷，和她并肩而立的，是个不折不扣的伟人、天才、上帝的宠儿……他迄今为止所创作的一切都是出色、新颖和不同凡响的，而将来，当他罕见的才能随着自身的成熟而站稳脚跟的时候，那时他所创作的东西将是惊天动地、无可估量地崇高的，这一点凭他脸部的神情、说话的风度和对大自然的态度就能看得见。在谈起水中的黑影、夜晚的色调、月亮的光辉时，他的口吻似乎是独特的，用的是他自己的语言，所以令人不由自主地感觉到他把握自然的一种魅力。他本人样子十分英俊，有独到见解，而他的生活，那特立独行、自由自在、与世俗万物格格不入的生活，则和鸟类的生活相似。

“冷起来了。”奥尔加·伊凡诺夫娜说着打了个寒噤。

里亚鲍夫斯基把她裹进自己的披风，忧伤地说道：

“我感觉到自己在您的掌握之中。我是奴隶。您今天为什么这么迷人？”

他一直目不转睛地望着她，眼光挺吓人，所以她不敢去看他一眼。“我爱您爱得要发疯了……”他轻轻地对她说，把气呼到她的面颊上，“只要对我说一句话，我就不要活了，就会抛弃艺术……”他极其激动地喃喃自语，“爱我吧，爱吧……”

“别这样说，”奥尔加·伊凡诺夫娜闭上眼睛说，“这太可怕。德莫夫怎么办？”

“德莫夫怎么啦？为什么要提德莫夫？德莫夫关我什么事？伏尔加河，月亮，美景，我的爱，我的激情，可就是没有德莫夫，无论什么样的……啊，我什么也不知道……我不需要过去的事，只求给我短暂的一刻，一个瞬间。”

奥尔加·伊凡诺夫娜心怦怦跳起来。她希望想念丈夫，然而既往的一切，连同婚礼、德莫夫和晚会，在她看来似乎显得很渺小，不值一提，模模糊糊，毫无用处而且显得遥远而又遥远……事实上，德莫夫怎么啦？为什么要提德莫夫？德莫夫关她什么事？再说大自然里究竟存不存在他这个人？他是否只是个梦？

“对他，一个普通而平凡的人来说，到手的那点幸福已经足够，”她双手捂着脸想道，“由那边责难去，诅咒去，我偏偏要叫大家气气，大不了一死，大不了一死……生活中一切都应当体验一番。天哪，多么可怕，又多么美好！”

“怎么啦？怎么啦？”画家一面拥抱她，一面贪婪地吻她那双无力的试图避开他的手，自语道，“你爱我？是吗？是吗？哦，多好的夜色！迷人的夜色！”

“是啊，多好的夜色！”她望着他泪水晶莹的双眼轻轻说，然后迅速回头环顾一下，一把将他抱住，使劲吻他的双唇。

“咱们正向基涅什马靠近！”甲板上另一边有人说。

传来沉甸甸的脚步声，是小吃部的一个人从旁边走过。

“喂，听着，”奥尔加·伊凡诺夫娜对他说，一边笑着，幸福地流着泪，“给我们拿葡萄酒来。”

画家因为激动而脸色苍白，坐到长椅上，用一双爱慕、感激的眼睛望着奥尔加·伊凡诺夫娜，然后疲惫地莞尔一笑，说道：

“我累了。”

说着把头靠到船舷上。

五

九月二日是温暖、宁静却阴沉沉的一天。一清早伏尔加河上就弥漫着轻雾，九点以后就飘起了毛毛细雨。天空毫无转晴的希望。喝茶的时候里亚鲍夫斯基对奥尔加·伊凡诺夫娜说，写生是一门最吃力不讨好也最枯燥乏味的艺术，他不是画家，只有一群傻瓜才认为他有天赋，说着他突然抓起一把餐刀，无缘无故地将自己的一幅画稿划上了几刀。喝过茶后，他闷闷不乐地坐在窗口望着伏尔加河。而伏尔加河已经失去光华，显出一派烟雨苍茫、寒气阵阵的样子。眼前万物都使人想到愁绪满怀、阴沉郁闷的秋季正在临近。如今两岸葱茏的绿茵，河面璀璨的反光，远方清澈蔚蓝的秀色，以及种种艳丽壮伟的美景，仿佛已经被大自然从伏尔加河上尽行脱去，收进箱子，直至来年春季，连乌鸦在飞经伏尔加河时也在调侃它：“光啦！光啦！”里亚鲍夫斯基听着乌鸦的叫声，心里想道，自己已经江郎才尽，失去天赋，世间万物都有定数，都是相对而且愚蠢的，所以他不应当再和这个女人纠缠在一起……总而言之，他心绪不佳，愁苦烦恼。

奥尔加·伊凡诺夫娜坐在间壁另一边的床上，在用手指梳摸自己漂亮的亚麻色头发时，想象着自己有时在客厅里，有时在卧室里，有时在丈夫的书房里；想象她被带进了剧院，带到了女裁缝身边，带到了那些大名鼎鼎的朋友面前。此时此刻他们在做什么？他们会想她吗？秋季已经开始，该考虑举办晚会的事了。那么德莫夫呢？亲爱的德莫夫！他在信中那么温和，又如孩子般哀婉地请求她赶快回家！他每月给她寄七十五卢布，当她写信告诉他自己借给了画家们一百卢布时，他连这一百卢布也给她寄了过来。多么善良、慷慨的一个人！旅行使奥尔加·伊凡诺夫娜不胜疲惫，她觉得无聊，所以渴望尽快离开这些乡下人，离开河上的潮气，去掉身上肮脏的感觉，这种感觉在她住在农舍里的时候，和从一个村庄向另一个村庄不断迁徙的过程中，一直都经受着。假如里亚鲍夫斯基没有答应画家们和他们在这里一直住到九月二十日，那么今天就可离去了。如能这样有多好！

“我的天！”里亚鲍夫斯基呻吟道，“究竟什么时候太阳才会露面？没有阳光，这幅阳光下的风景我就无法画下去！……”

“你不是有幅阴云天空下的画稿吗？”奥尔加·伊凡诺夫娜从间壁后面走出来说，“你记得，右面的前景是森林，左边是一群奶牛和鹅。现在你该能够把它画完了。”

“唉！”画家蹙紧眉头说，“画完它！难道您认为我自己就这么笨，竟然不知道我需要做什么吗！”

“你对我的态度变得太厉害了！”奥尔加·伊凡诺夫娜叹了口气。

“好，这样才好。”

奥尔加·伊凡诺夫娜脸抽动起来，她走开去来到炉子旁边，哭了起来。

“是啊，眼泪总是不够用。别哭啦！我有几千条理由哭泣，可我就是不哭。”

“几千条理由！”奥尔加·伊凡诺夫娜哽咽着说，“最主要的一条就是已经把我当成了累赘。不错，”她说着大哭起来，“如果说句实话，那就是您为我们的恋情感到丢人。您一直在努力不让画家们发觉，虽然这件事瞒不住，而且早已尽人皆知。”

“奥尔加·伊凡诺夫娜，我只求您一件事，”画家把一只手搁在胸口，用央求的口气说，“就一件事——别折磨我！除此以外我对您别无所求！”

“那您发誓您仍然爱着我！”

“这是折磨人的事！”画家从牙缝里含含糊糊地挤出这句话，然后霍地站了起来，“到头来要么我跳伏尔加河，要么我发疯！您别缠我啦！”

“那您杀了我，杀了我！”奥尔加·伊凡诺夫娜大声说，“杀了我！”

她又大哭起来，走到间壁后面。茅舍的草屋顶上响起淅淅沥沥的雨声。里亚鲍夫斯基两手抓着头，从一个屋角到另一个屋角踱着步，然后露出决断的表情，似乎想向什么人证明什么，戴上鸭舌帽，把猎枪往肩头一背，走出了茅舍。

他离去以后，奥尔加·伊凡诺夫娜在床上哭了很久。起先她想最好服毒自尽，让里亚鲍夫斯基回来看到她已经死去，然后她的思绪又把她带进了客厅，带进了丈夫的书房，于是想象自己纹丝不动地和德莫夫并肩而坐，享受着生理上的安宁和洁净，晚上坐到剧场里听马西尼[1]演唱。于是对文明、对城市的喧嚣、对名流的思念使她揪紧了心。一个农妇走进屋来开始慢慢悠悠地生炉子做午饭。屋里冒出焦烟的气味，轻烟缭绕，使空气也呈现一片蓝色。画家们回来了，他们穿着沾满泥污的高筒靴，被雨水淋得满脸湿漉漉的，仔细看着画稿，自我安慰说伏尔加河即使在坏天气也有它的迷人之处。壁上那口廉价的挂钟则顾自在走：嘀嗒——嘀嗒——嘀嗒……冷得发僵的苍蝇麇集在圣像边前面的角落里嗡嗡叫着，听得见长凳下厚厚的画夹子里面蟑螂正在钻来爬去……

太阳下山的时候里亚鲍夫斯基回来了。他把鸭舌帽往桌子上一扔，脸色苍白，疲惫不堪，穿着满脚污泥的靴子，坐到长凳上，就闭起了双眼。

“我累了……”他说着掀动双眉，努力想睁开眼睛。

为了抚慰他，也为了表示自己并没有生气，奥尔加·伊凡诺夫娜走到他跟前，默默地吻他，用梳子梳他浅色的头发。她想把他的头发梳好。

“怎么回事？”他身子一颤，问道，仿佛有什么冷冰冰的东西碰了他，然后睁开了眼，“怎么回事？让我安静一会儿，求您了。”

他用手挡开她，走了开去，她似乎感到他的脸上露出了厌恶和烦恼的表情。这时农妇小心地用双手给他端来一盆素菜汤。奥尔加·伊凡诺夫娜看见她的两个大拇指浸到了汤里。无论是这个肚子束得紧紧的、脏脏的农妇，还是此刻里亚鲍夫斯基正在贪婪地吞食的菜汤，或者这茅屋和当初因其质朴与富有艺术趣味的杂乱无章而令她如此喜爱的这里的全部生活，现在她都觉得可怕。她突然觉得自己受了侮辱，便冷冷地说：

① 马西尼，意大利男高音歌唱家。

“咱们需要分开一段时间，否则由于无聊我们会大吵一场。我对此已经厌烦了。今天我就走。”

“乘什么走？骑棒[1]走吗？”

“今天是星期四，那就是说九点半有一班轮船。”

“啊？对了，对了……又怎么样呢，走吧……”里亚鲍夫斯基一面用毛巾代替餐巾擦着嘴，一面和婉地说，“你在这儿觉得无聊了，只好如此，要把你留住，就太自私了。走吧，二十日以后再见面。”

奥尔加·伊凡诺夫娜高高兴兴地收拾行李，因为高兴，连脸色也变得很红润了。难道这是真的吗？她自问，不久她就会在客厅里作画，在卧室里睡觉，吃饭也会铺上桌布，她心情感到轻松，已经不再生画家的气了。

“颜料和画笔我留给你，里亚布沙[2]，”她说，“还落下什么，你带回来……注意，我不在这儿你可别懒惰，也别为此愁眉苦脸，得干活。在我眼里，你可是好样儿的，里亚布沙。”

九点钟里亚鲍夫斯基和她吻别，这和她想的一样，是为了不在轮船上当着画家们的面吻她，然后送她到码头。不久，轮船靠近，载着她开走了。

她经过了三天两夜才回到家。她连帽子和雨披都没有脱，因为激动而喘着大气，走进客厅，又从那里走进餐室。德莫夫没有穿西服，穿着解开扣子的坎肩，坐在餐桌前，在叉子上磨着餐刀；他面前的盘子里放着一只榛鸡。奥尔加·伊凡诺夫娜在进屋时深信不疑地认为必须把一切都瞒着丈夫，而且凭她的能耐对付这件事根本不

① 根据俄罗斯民间传说，巫婆是骑棒行走的。

② 里亚布沙，里亚鲍夫斯基的爱称。

在话下，然而现在，当她见到宽阔、温和而幸福的笑容以及闪耀着喜悦的双眼时，她感到对这样一个人隐瞒真相，太卑鄙，太恶心，而且就如去诽谤、偷窃和杀人一样不可能，她也无力去做，所以转瞬之间她决计把发生的事都告诉他，她让他吻了她，拥抱了她，然后就在他面前跪下，捂住了脸。

“怎么啦？怎么啦？妈呀？”他和蔼地问，“太想家了吧？”

她抬起羞赧的脸，用愧疚和央求的目光望着他，然而恐惧和羞耻感使她难以启齿，道出真相。

“没什么……”她说，“我是这样的……”

“咱们坐下，”他扶她起来，让到桌边说，“就这么坐……吃榛鸡吧。你饿了，可怜的。”

她贪婪地吸进家乡的空气，吃着榛鸡，他则动情地看着，露出喜悦的笑容。

六

到仲冬时，德莫夫开始猜到自己受了骗。仿佛于心有愧似的，他已经不能对妻子正眼相看，和她相见的时候也没有了喜悦的笑容，为了减少和她单独相处的机会，他常带自己的同事科罗斯捷廖夫到自己家吃饭。那是一个剪短发、个子小小的人，一张脸皱皱巴巴的，他见到奥尔加·伊凡诺夫娜时由于腼腆常把上衣的扣子全部解开又全部扣上，接着用右手去拧左边的唇须。吃饭的时候两个医生谈到在横膈膜处于高位的情况下有时会出现心律不齐，近来能观察到许多神经突的机会非常多，昨天德莫夫剖开一具诊断为“恶性贫血”的尸体后，找到了胰腺癌。两个医生交谈医学方面的话题，似乎只是为了给奥尔加·伊凡诺夫娜沉默的机会，即不用撒谎。吃完饭科罗斯捷廖夫坐到钢琴前，德莫夫却叹着气对他说：

“唉，老兄！可是干吗呢！你就随便弹首忧伤的曲子吧。”

科罗斯捷廖夫耸起肩，大幅度地张开十根手指，弹了几个和弦，便开始用男高音唱《告诉我俄罗斯农民不需要呻吟的地方》，德莫夫又叹了口气，握拳支着脑袋，陷入了沉思。

近来奥尔加·伊凡诺夫娜的举止极不谨慎。每天早晨醒来的时候她的情绪都坏到了极点，认为她已经不再爱里亚鲍夫斯基，而且谢天谢地一切已经画上句号。然而喝过咖啡后她想明白了：里亚鲍夫斯基从她身边把她丈夫夺走了，如今她已落得个既无丈夫又无里亚鲍夫斯基的下场；后来她又想到熟人们曾谈起里亚鲍夫斯基正在绘制一幅惊人之作，准备送展，这是一幅将风俗画和风景画交织在一起的作品，具有波列诺夫[①]的风格。为此，所有经常光顾他画室的人兴奋到了极点。但是她认为这是在她影响下他才创作出来的，而且总的来说多亏了她的影响他才明显地向好的方向转化。她的影响十分有益，也十分重要，如果她不去管他，也许他就毁了。她同样想起他最近一次来看她，身穿一件灰色常礼服，上面绣有点点星火，系一根新领带，有气无力地问她：“我漂亮吗？”事实上，他风流倜傥，那一头长长的鬈发和一双蓝蓝的眼睛使他非常漂亮（或者说这可能是给人的一种印象），而且对她十分亲切。

回想了好多事并且理出个头绪后，奥尔加·伊凡诺夫娜穿好衣服，异常激动地乘车去画室找里亚鲍夫斯基。她见到他时他正高兴，而且正为自己那幅确实气势不凡的画作陶然自得。他蹦着跳着，逗着乐着，用说笑来回答认真的问题。奥尔加·伊凡诺夫娜妒忌里亚鲍夫斯基的画，恨它，但是出于礼貌在它前面站了大约五分

① 波列诺夫（1844—1927），俄罗斯画家。

钟，接着叹了口气，就如人们对圣物叹息一样，轻轻说道：

“你可从来不曾画过任何类似的东西。你知道吗，简直令人害怕呢。”

然后她开始央求他爱她，别甩了她，央求他怜悯她这个可怜而不幸的人。她哭泣着，吻他的双手，要求他发誓爱她，向他证明如果没有她的影响他就会迷失方向，毁灭自己。将他的好心情破坏以后，她觉得自己受到了侮辱，便驱车去找女裁缝，或者去找那位熟识的女演员张罗戏票。

如果在他画室她没有遇见他，她就给他留下信函，在信中发誓如果他今天不来看她，她就一定服毒自尽。他害怕了，就来看她并留下吃饭。他当着她丈夫的面也无所顾忌，对她说粗鲁无礼的话，她也以牙还牙。两个人都觉得他们彼此纠缠在一起，都是暴君和仇敌。于是发脾气，由于气恼他们两人竟都未觉得自己有失体统。连剪短发的科罗斯捷廖夫也什么都看出来了。餐后里亚鲍夫斯基匆匆道过别就走了。

“您去哪儿？”在前厅，奥尔加·伊凡诺夫娜恨恨地瞧着他问。

他皱起眉头、眯起眼睛说出某个大家都认识的女士的名字，看得出他是为了嘲弄她的醋劲，成心扫她的兴。她走进自己的卧室，躺在床上。由于醋劲、懊丧、受辱和羞耻感，她咬着枕头，开始号啕大哭。德莫夫撇下客厅里的科罗斯捷廖夫，走进卧室，局促不安，手足无措，轻声说道：

“别那么大声哭呀，妈呀……为了什么？这事不能声张……应当不露声色……要知道已经发生的事是无法挽回的。”

她不知道如何克制内心的醋意，这醋意甚至使她两边的太阳穴都隐隐作痛，又想到事情尚可挽回，于是洗了脸，往刚才泪痕纵横的脸上扑粉，飞也似的驱车找那个认识的女士去了。她在她那里没有找到他，于是去找另一位女士，继而又找第三位……开头她对自己那样驱车奔波还觉得不好意思，后来就习以为常了，于是常常会一个晚上驱车走遍所有女士的家去寻找里亚鲍夫斯基，大家对此也都心领神会了。

有一次她对里亚鲍夫斯基说到丈夫：“这个人用自己的宽宏大量来压迫我！”

她非常喜欢这句句子，甚至在遇见知道她和里亚鲍夫斯基那桩风流韵事的画家们时，她每次都会用手做出一个有力的动作来说她丈夫：

“这个人用自己的宽宏大量来压迫我！”

生活的秩序依然和过去一样。每逢星期三举行晚会，演员朗诵，画家挥毫，琴手奏曲，歌手唱歌，十一点通往餐室的门必然打开，于是德莫夫脸含微笑，说：

“先生们，请用点心。”

奥尔加·伊凡诺夫娜依然寻找名人，找到了，又觉得不满足，于是又找。她依然每日深夜回家，不过德莫夫已和去年不同，没有睡觉，而是坐在自己的书房里做着什么工作。他大约三点上床，八点起床。

一天傍晚，她准备去戏院，正站在窗间镜的前面，这时德莫夫穿着一件燕尾服，系一个白领结，走进了卧室。他和以往一样温和地面露笑容，兴奋地正眼看着妻子。他的脸上容光焕发。

“我刚做过学位论文答辩。”他坐着，用手抚着双膝说。

“通过了吗？”奥尔加·伊凡诺夫娜问。

“嘿嘿！”他笑着说，为了看得见镜子里妻子的脸，他伸长了脖子，她依然背对着他站着，整理着发式。“嘿嘿！”他再一次笑着说。

"告诉你，很可能会建议授予我普通病理学的编外副教授职称。这一点能预感到。"

从他脸上怡然自得、容光焕发的表情看得出来，假如奥尔加·伊凡诺夫娜能和他分享喜悦和欢欣，他会原谅她的一切，无论现在的还是以后的，一定会忘记这一切，但是她不懂什么叫编外副教授和普通病理学，而且还在担心去戏院会迟到，所以什么话也没有说。

他坐了两分钟，歉疚地笑了笑，就走了出去。

七

这是最为惊恐不安的一天。

德莫夫头痛得厉害，一清早他就没有喝早茶，也没有去医院，一直躺在自己书房的土耳其沙发上。奥尔加·伊凡诺夫娜按例在十二点钟去里亚鲍夫斯基那儿，给他看自己的画稿《静物写生》[①]，同时问他昨天为什么不来。这幅画稿在她看来倒是不值一提，她画它只是为了多一个到画家那儿走一趟的借口。

她没有按门铃就走进了他的屋子。在前厅脱套鞋时，她听到画室里似乎有什么悄悄跑过，发出女人衣服窸窣作响的声音，等她赶紧往画室里窥视的时候，只见到咖啡色的裙子，那裙子只一闪，就藏到了一幅大画后面，那幅画和画架一起被一块拖到地面的黑布罩着。毋庸置疑，那里藏着的是个女人。奥尔加·伊凡诺夫娜本人也有多少回在这幅画后面寻找自己的藏身之地！看样子里亚鲍夫斯基非常尴尬，对她的到来做出十分惊讶的样子，向她伸出两只手去，

① 原文为法文。

强装笑颜说：

“啊——啊！很高兴见到您。有什么好消息说来听听？”

奥尔加·伊凡诺夫娜的双眼满含着泪水，她感到耻辱，痛苦。有一个不相干的女人，一个情敌，一个说谎话的女人在场，就是给她一百万也不会说话的女人。那个女人现在正站在画的背后，也许正在幸灾乐祸地嘻嘻窃笑呢。

“我带画稿来给您看了……”她胆怯地用细细的声音说，两片嘴唇却在颤抖，“《静物写生》。”

“啊——啊……是画稿？”

画家把画稿拿在手里，仔细看着，似乎下意识地走进另一个房间。

奥尔加·伊凡诺夫娜顺从地跟着他。

“《静物写生》……品级第一，”他挑选着押韵的词语喃喃自语，“疗养胜地……见鬼断气……港口停栖……”①

从画室传来急促的脚步声和衣服的窸窣声，就是说她已经离开。奥尔加·伊凡诺夫娜真想大喝一声，拿起一件重物砸向他的脑袋，然后离去，但是隔着泪水她什么也看不见。她被耻辱压倒了，感到自己已经不是奥尔加·伊凡诺夫娜，也不是女画家，而是微不足道的一个小东西。

“我累了……”画家望着画稿，为了克服睡意，摇晃着脑袋，懒洋洋地说，“这些当然很可爱，然而今天是画稿，去年也是画稿，一个月以后还是画稿……您怎么不感到腻烦？我要是处在您的位置就不再画画了，去搞严肃的音乐或其他什么事。您可不是画

① 原文是顺着“第一”的“一”字的韵列举了俄文中同韵的三个词，意思分别为“疗养地”“鬼”和“港口”，无实际意义，只是文字游戏。

家，是音乐家。不过我告诉您，我累坏了！我现在就把茶叫来……好吗?”

他走出了房间。奥尔加·伊凡诺夫娜听到他对自己的仆人吩咐着什么。为了避免告别、解释，主要是为了避免大声哭出来，趁里亚鲍夫斯基还未回来，她急忙跑进前厅，穿上套鞋，到了户外。这时她轻松地舒了口气，感到自己永远自由了，既摆脱了里亚鲍夫斯基，又摆脱了绘画，更摆脱了画室里使她感到如此压抑的耻辱。一切都结束了！

她乘车去找了女裁缝，然后又去找了昨天刚到的巴尔纳依[1]，从巴尔纳依那里出来以后，又前往乐谱商店，一路上一直在思忖着如何给里亚鲍夫斯基写一封言辞冷漠、激烈，又充满她自己尊严的信，如何在春季或夏季偕同德莫夫去克里米亚，彻底从过去中挣脱出来，开始过崭新的生活。

深夜她回到家以后没有更衣，便在客厅里坐下来写信。里亚鲍夫斯基说她不是画家，她现在就要写信回敬他，说他每年画的都是老套头，每天说的也都是老生常谈，他已经僵化，除了已经做过的，他再也做不出任何别的事来。她想在信里告诉他，在许多方面，他多亏了她的好影响，如果他没有做好，那是因为各式各样没规没矩的女人，就如今天躲在画后面的那位，抵消了她的影响。

“我的妈呀！”德莫夫在书房里叫她，没有开门，“我的妈呀！”

“你怎么啦?”

“我的妈呀，你别进我屋里来，只到门口就行了。是这样……前天我在医院感染上了白喉，现在……觉得不舒服。快派人去把科罗斯捷廖夫找来。”

① 巴尔纳依（1842—1924），德国演员。

奥尔加·伊凡诺夫娜对丈夫，就同对所有熟悉的男人那样，一直不叫名字，只称呼姓氏；她不喜欢他的名字奥西普，因为这使人想到果戈理的奥西普[①]和同音双义的文字游戏——“奥西普奥赫里普，阿尔西普奥西普”[②]。可现在她却叫了起来：

“奥西普，这不可能！”

“派人去吧，我的情况很糟糕……”德莫夫从门里说道，听得出他走到沙发跟前躺了下来。“去吧！”听得出他轻轻的声音。

“这究竟是怎么回事？”奥尔加·伊凡诺夫娜吓得身上都发冷了，心里想道，“这病可是很危险的！”

她无缘无故地拿起蜡烛，走进了自己的卧室。这时，在思考着怎么办时，她无意间看了看镜子里的自己。她脸色苍白，满面惊惶，穿着一件袖口收得高高、胸口镶有黄色褶边的套衫，裙子上条纹的走向也异乎寻常，她觉得自己的样子可怕又可憎。突然间她痛心地怜悯起德莫夫来，怜悯起他对她无限的爱和他年轻的生命来，甚至怜悯起这张冷清无主的空床来，他久已不在上面安寝了，于是想到了他平时温和恭顺的笑容。她伤心地哭泣起来，给科罗斯捷廖夫写了一封求告的信。这时是半夜两点。

八

早晨八点，奥尔加·伊凡诺夫娜走出卧室，她因一宿未眠而头昏脑涨，头也不梳，模样难看，面带愧色。这时一位蓄着黑胡子的先生从她身边走过，去到前厅，看样子是位医生，闻得到药的气

① 奥西普，指果戈理名剧《钦差大臣》里主人公赫列斯塔科夫的仆人，亦名“奥西普”。

② 这句是音译，意为“奥西普声音变嘶哑了，阿尔西普声音也变嘶哑了”，原文为押韵的文字游戏。

息。通向书房的门边站着科罗斯捷廖夫，正用右手捻着左边的唇须。

“对不起，我不能放您进去见他，”他忧愁地对奥尔加·伊凡诺夫娜说，“会传染的。而且实际上您没有必要去见他，反正他正在说胡话。”

“他患的真是白喉吗？”奥尔加·伊凡诺夫娜轻声问。

“那些铤而走险的人真的应该受点教训，”科罗斯捷廖夫没有回答奥尔加·伊凡诺夫娜的问题，自言自语地说，“您知道他怎么会传染上的？星期二那天他用一根吸管为一个病孩吸去因白喉长出的膜[①]。干吗要这样做？愚蠢……所以就糊里糊涂地……”

“危险吗？很危险吗？”奥尔加·伊凡诺夫娜问。

“听说是急性。实在应当把施列克请来。”

来了一个小个子的人，长着一头棕红色头发和一个长长的鼻子，带犹太口音，接着来的人是个高个子，身躯伛偻，头发蓬松，像个大辅祭[②]，然后来了个年轻人，身子很胖，脸孔红红的，戴一副眼镜。这是为自己同事值班守护的医生。科罗斯捷廖夫值完自己的班后没有回家，仍然留了下来，他像个影子似的在一个个房间里游来荡去。女仆给医生们端茶送水，还常常要跑药房，所以无人收拾屋子。屋里静悄悄的，一片凄清。

奥尔加·伊凡诺夫娜坐在卧室里，心想是上帝为她欺骗丈夫而罚她来了。一个沉默寡言、不知怨艾、不被理解的人，因为性情温和而失去了个性，优柔寡断，因为过于善良而显得软弱，此刻正躺在沙发上默默无声地受着煎熬，一声抱怨也没有。要是他抱怨几

① 白喉的症状除发烧和咽痛，最典型的特征是鼻和咽部长出灰白色的假膜。

② 大辅祭，东正教神职人员。

句，即使是病中的呓语，那么值班的医生们就会知道，有罪的不仅是白喉。他们也许会从科罗斯捷廖夫那里得知：他知道全部情况，怪不得他用那样的眼光瞧自己朋友的妻子，仿佛她才是最主要的真凶，而白喉只是从犯。她已经不记得伏尔加河上的月夜，也不记得爱情的表白，更不记得农舍里诗一般的生活，只记得她由于自己空虚无聊的怪癖和任性的脾气，已经连手带脚陷进一种污秽黏稠的东西里将全身弄脏，永远也洗不干净了……

“啊，我说了那么多可怕的谎话！”在回忆她和里亚鲍夫斯基之间那段忐忑不安的恋情时，她想到，“真是太该死了！”

四点钟的时候她和科罗斯捷廖夫一起吃午饭。他什么也没有吃，只喝红葡萄酒，皱着眉头。她也一点东西也不吃。有时她心里在祈祷，向上帝发誓，如果德莫夫能够病愈，她会重新爱他，并做他忠诚的妻子。有时她在瞬间想得出了神，望着科罗斯捷廖夫，想：“做这样一个普普通通、毫无出众之处、默默无闻，而且还长着这样一张皱皱巴巴的脸、行为不知礼仪的人，难道不枯燥乏味吗？”有时她觉得由于她因害怕传染而一次也没有去过丈夫的书房，上帝立刻要将她处死了。总之，有一种迟钝而忧郁的感觉，深信生活已经被毁，没有任何东西可以将它挽回……

午餐后暮色开始降临。奥尔加·伊凡诺夫娜出来走到客厅时，科罗斯捷廖夫正睡在长沙发上，头下枕了一个用金线绣的丝绸靠垫。“呼——哈……”他在打鼾，“呼——哈。”

值班的医生们来了又去，没有人注意这副乱糟糟的景象。一个外人睡在客厅里打呼噜，墙上挂的画稿和屋内离奇古怪的氛围，女主人未曾梳洗、衣衫不整，这些此刻不会激起丝毫兴趣。一个医生无意间不知为什么笑了起来，这笑声响得似乎有点古怪和胆怯，气氛甚至变得叫人害怕。

奥尔加·伊凡诺夫娜第二次来到客厅时科罗斯捷廖夫已经不在睡觉，他坐着，在抽烟。

“他鼻腔感染了白喉，”他压低声音说，“心跳已不太好。真的，情况很糟。”

“您派人去请施列克吧。”奥尔加·伊凡诺夫娜说。

“来过了。他也发现白喉已转移到了鼻腔。唉，施列克来了又怎么样！实际上，施列克也没办法。只不过他是施列克，我是科罗斯捷廖夫，如此而已。”

时间过得极其缓慢。奥尔加·伊凡诺夫娜和衣躺在自早晨起一直没有整理过的床上，打着盹儿。她仿佛觉得整套住宅从地面到天花板都被一块硕大无朋的铁块占据了，只要把这铁块拿出屋去，大家马上会变得快乐而轻松。清醒过来后她想起来了，这不是铁块，而是德莫夫的病。

“静物写生，港口停栖……”她又进入昏昏欲睡的状态，一面想着，“锻炼身体……疗养胜地……施列克有什么办法呢？施列克，希腊来的，甫列克……克列克[①]，可是我的朋友们现在在哪里呢？他们知不知道我们正在受苦受难？上帝啊，救救我们，让我们逃过一劫吧。施列克，希腊来的……”

又是铁块……时间过得非常缓慢，而楼下的时钟却经常在敲打。不时传来门铃声；医生接二连三地到来……女仆拿着放有空杯的托盘进来问：

“太太，您要我把床铺收拾一下吗？”

她没得到回答，又走了出去。楼下钟声敲响了，她梦见伏尔加

① 这是奥尔加在半睡眠状态因为里亚鲍夫斯基对她画稿题目的笑话而说的谐音文字游戏，本身并无多少意思，只是一种开玩笑的俏皮话。

河上的雨水，又有人走进卧室来，似乎是局外人。奥尔加·伊凡诺夫娜一骨碌跳将起来，认出是科罗斯捷廖夫。

“几点啦?”

“三点光景。”

“有什么事吗?”

“还有什么事呢！我是来说，人快死了……”

他哽咽住了，在她床上并排坐下，用袖子擦去眼泪。她没有当即听明白，然而浑身感到一阵寒意，于是开始缓慢地画起十字来。

“他快断气了，”他用细细的声音重复说了一遍，又哽咽住了，“他快死了，因为他牺牲自己……对科学是个多大的损失!”他痛心地说，“如果把我们大家和他相比，那么这是一个伟大而不平凡的人！多么有才气！对我们大家来说，他是多么有前途的一个人!”他一面扼着双手，一面继续说，“我的天哪，这可是现如今打了灯笼也没处找的学者啊。奥西普·德莫夫，奥西普·德莫夫，你是怎么搞的！啊——啊呀，我的天哪!”

科罗斯捷廖夫在绝望中用双手捂住了脸，摇着头。

“那是多么巨大的道德力量啊!”他接着说，仿佛冲着某个人在发越来越大的火，“一个善良、纯洁、博爱的灵魂——这不是人，而是玻璃！为科学服务，又为科学而献身。工作起来像头牛，没日没夜，谁也不爱惜他，一个年轻学者，未来的教授，竟然还要为自己谋生而私人行医，每天晚上还要搞翻译，就是为着挣钱去支付那些下流的破衣烂衫!”

科罗斯捷廖夫恨恨地瞪了奥尔加·伊凡诺夫娜一眼，双手抓起床单，气呼呼地把它撕破，仿佛它有什么过错似的。

“他自己也不爱惜自己，别人也不爱惜他。唉，说他干吗!”

“是啊，真是个难得的人!”客厅里有人用男低音在说。

奥尔加·伊凡诺夫娜回想起和他共同度过的全部生活，从头至尾，连同所有的细节，突然间她明白了，这确确实实是个不平凡的人、难得的人，而且和她所认识的那些人相比，还是个伟大的人。她回想起她已故的父亲和所有与他共事的医生对他的态度，才明白他们大家都从他身上预见到了未来的名望。墙壁、天花板、灯和地毯都在嘲弄似的向她眨眼睛，仿佛想对她说："你错过了！错过了！"她哭泣着冲出卧室，在客厅里从一个陌生人身边悄悄溜过，跑进丈夫的书房。他纹丝不动地躺在土耳其沙发上，盖着罩到腰部的毯子。他的脸可怕地瘪了进去，消瘦了下去，颜色是灰黄的，这样的颜色活人脸上是从来不会有的。只有从他的前额，从那双黑色的眉毛和熟悉的笑容，还能认出这是德莫夫。奥尔加·伊凡诺夫娜急忙摸了摸他的胸口、额头和双手。胸口尚有余温，但额头和双手冷得令人难受。他那双半闭的眼睛没有向着奥尔加·伊凡诺夫娜，而是望着毯子。

"德莫夫！"她大声呼喊道，"德莫夫！"

她想对他解释，那以往的事是个错误，并非什么都已失去，生活还有可能变得美好和幸福，他是个罕见的、不平凡的、伟大的人，她将终生对他怀有景仰之情，祈祷并体验神圣的恐惧……

"德莫夫！"她呼唤他，摇着他的肩膀，不相信他已经永远不会醒来，"德莫夫，德莫夫啊！"

在客厅里，科罗斯捷廖夫对女仆说：

"现在还有什么要问的呢？您到教堂的门房去问一下，养老院的老婆子在哪儿。她们会清洗尸体和收拾干净——所有需要做的事都会做。"

1892年

六号病房

一

医院的院子里有一座附属于它的厢房，这房子被大片刺果植物、荨麻和野大麻整个儿团团围住了。房子的屋顶已经生锈，烟囱已有一半倒塌，门廊台阶的梯级已经朽烂，杂草丛生，墙灰只留下斑驳的痕迹。房子的正面朝向医院，后面向着田野，它和田野之间被一堵插着钉子的灰色医院围墙分隔了。这些尖头向上的钉子，还有围墙和这间厢房本身，都具有一种独特的凄凉和罪恶的模样，只有医院和监狱之类的建筑物才常见那种模样。

假如您不怕被荨麻刺痛，那就让我们沿着通向屋子的狭窄小道走去，看看屋子里是什么名堂。打开第一道门后我们就进入了穿堂间。这里墙边和炉旁堆放着整堆整堆山样的医院垃圾。床垫、撕得粉碎的旧睡袍、裤子、蓝条子的衬衫、毫无用处的破鞋子——所有这些破烂一堆堆地堆着，几经挤压，彼此错杂，正在腐烂，发出的气味叫人透不过气来。

垃圾堆上总是躺着嘴里咬着烟斗的看门人尼基塔，他是个退伍士兵，衣服上的袖章已褪成了红褐色。他有一张严厉、枯瘦的脸，一副倒挂眉毛，这眉毛使他的脸部表情像一只草原上的牧羊犬，还有一个红通通的鼻子；他个子不高，看上去干瘦，青筋暴突，但是神色威严，拳头粗壮。他属于头脑简单、办事牢靠、忠于职守和愚顽鲁钝的那类人，他们最喜欢有规有矩，因而深信哪些人该揍。他往人的脸部、胸口、背部和随便什么地方打，相信不这样就没规没矩了。

接着您走进一个宽敞的大房间，如果不计穿堂间的话，这个房间占据了整座厢房。这里的四壁涂着肮脏的蓝色涂料，天花板熏得漆黑，就如没有烟囱的农舍里那样。显然，冬天这里生的炉子都烟熏火燎，屋里经常充满煤烟味。窗户被从里面钉的铁栅栏弄得十分难看。地板呈灰色，刨得十分毛糙。酸白菜味、灯芯的烟焦味、臭虫和氨气的臭味扑鼻而来，一开始这股臭味会给您这样的印象：仿佛走进了动物园。

房间里放着一张张用螺丝固定在地板上的床铺。床上坐着或躺着的人都穿着医院蓝色的睡袍，而且按旧时的老规矩，戴着尖顶帽。这些人都是疯子。

文森特·凡高《阿尔勒医院的病房》

他们在这里一共五个人。只有一个有贵族身份，其余的都是平民百姓。靠门口第一个人，是个高高瘦瘦的小市民，他长着亮光光的红褐色唇须，一双泪汪汪的眼睛，手托着头坐着，盯住一点发呆。他整日整夜都闷闷不乐，经常摇头叹气，面露苦笑；他很少加入别人的闲谈，对提问通常不作回答。送来饮食时，他机械地吃着、喝着。从他痛苦而急促的阵阵咳嗽声、消瘦的面容和潮红的双颊来判断，他染上了肺结核。

他旁边的是一个活泼、非常好动的小老头，蓄着一撮尖尖的胡子，长一头和黑人一样卷曲的黑发。白天他从一个窗口向另一个窗口在病房里来回踱步，或者像土耳其人那样盘起双腿坐在床上，像灰雀一样不停地吹口哨、轻轻地唱歌和嘻嘻傻笑。他这种童稚般的欢乐和活泼的性格即使在夜间也会表现出来，这时他从床上起来向上帝祈祷，也就是用拳头捶打胸口和用手指向门缝里抠。这是犹太人莫伊谢伊卡，一个呆子，大约二十年前他的帽子作坊毁于火灾，他就精神失常了。

六号病房内的病人只有他一个被允许走出这间屋子，甚至走出医院院子到外面去。他享有这种特权由来已久，大概作为常年住院的老病号，一个安分无害的呆子，城里供人逗乐取笑的小丑，人们看到他在街上被一群小孩子和狗围住，早已习以为常了。他身穿睡袍，头戴可笑的尖顶帽，脚着便鞋，有时光着脚板，甚至不穿裤子，在街上游来荡去，同时在人家大门口或小铺子边停留下来，乞讨一点小钱。有的人给他喝点儿克瓦斯[①]，有的人给他吃点儿面包，有的人给他几个小钱，所以回到屋子里来的时候他通常吃得饱饱的，囊中富裕。尼基塔把他随身带回的一切都搜走，成了自己的外快。士兵做这件事的时候态度粗暴，怒气冲冲，一面把他的口袋一只只翻过，呼唤上帝前来作证，说他以后无论如何再也不放犹太佬出门了，还说对他来说不守规矩是世上最坏的事。

莫伊谢伊卡喜欢为别人效劳，他给病友们端水，在病友们睡着时帮他们盖上被子，答应从街上给每人讨来一戈比小钱，给每个人

① 克瓦斯，一种用面包发酵制成的清凉饮料。

缝顶新帽子；他甚至用汤匙给自己左边的邻床，一个瘫痪的病人喂食。他这样做并非出于同情，也不是出于某种人道本性的考虑，而是模仿自己右边的邻床格罗莫夫，不由自主地受了他的影响。

伊凡·德米特里奇·格罗莫夫，一个大约三十三岁的男人，出身贵族，曾经当过法警和省城的秘书，患的是被迫害妄想症。他要么把身子蜷缩成一团躺在床上，要么从屋子的一头到另一头来回走动，仿佛是为了活动身子骨，很少有坐着的时候。他总是兴奋、激动和紧张地在期待着某种模糊不清、捉摸不定的东西。穿堂里有一丁点窸窣声或外面传来叫喊声，就足以使他抬起头，侧耳倾听：是不是冲着他来的？该不是来找他的吧？这时他的脸部便出现不安和厌恶的表情。

我喜欢他那张宽阔、颧骨突出的脸庞，它总是显得苍白和神情凄楚，如同镜子似的，反映出被争斗和持久的惊恐所折磨的心灵。他的面相是奇怪而病态的，然而深沉的、发自内心的痛苦印上脸盘的细腻特征，却是理智和知识分子型的，而且眼光也是温和而健康的。他本人也叫我喜欢，他彬彬有礼，热忱殷勤，除尼基塔外，他与所有的人相处都显得异常和蔼可亲。要是有人掉下一个纽扣或调羹，他会迅速从床上一跃而起，把它捡起来。每天早晨他和病友们道早安，就寝时则祝他们晚安。

除了经常处于紧张状态和扮鬼脸外，他精神失常还表现在以下方面：有时一到晚上他就把自己紧紧地裹在睡袍里，浑身发抖，牙齿碰得咯咯响，开始从房间的一头到另一头或在病床间来回疾步走动。那样子仿佛他得了严重的疟疾。他会突然停下脚步仔细瞧着病友们，凭这一点可以看出他想对他们说一件非常重要的事情，但是看样子又认为他们不会听他或不会听懂，于是他烦躁地摇着脑袋，又继续走动了。然而不久，说话的愿望又压倒了各式各样的想法，他就率性而为，热烈而激昂地说起话来。他语无伦次，言辞激昂，似乎在说胡话，断断续续，并非总能让人都听懂，但是从他的话里，从他的言辞和声音里可以听出某种异常美好的东西。他说话的时候您能认出他是个疯子，又是个正常人。他那些精神失常的话语在纸上是难以言传的。他说到人的卑劣品性，压制真理的暴力，将来会出现在世界上的美好生活；说到窗上的栅栏，这使他每时每刻都会想到施行暴力的人们的愚钝与残忍。结果这就成了取材于未唱完的古老歌曲的一首杂乱无章、不协调的集成曲。

二

大约二十至十五年前，城里最主要的一条街道上，一名官员住在自己的房子里，这是个颇有声望、家境殷实的人，叫格罗莫夫。他有两个儿子：谢尔盖和伊凡。念大学四年级时，谢尔盖得急性肺结核一命归阴。他这一死仿佛成了骤然降临格罗莫夫家庭的一连串不幸事件的开端。谢尔盖被下葬后，过了一个星期，年老的父亲因为伪造单据和盗用公款被送上法庭，不久因伤寒死于监狱医院。房屋和一切动产被悉数拍卖，所以伊凡·德米特里奇和母亲就一贫如洗了。

以往父亲在世时，伊凡·德米特里奇住在彼得堡，他在那里上大学，每月得到六十七卢布，对“贫困”二字毫无概念，如今他不得不使自己的生活发生急剧变化。他必须从早到晚为微薄的报酬去授课，去抄写，却仍然免不了挨饿，因为全部劳动所得都寄给母亲糊口了。伊凡·德米特里奇忍受不了这样的生活，他垂头丧气，开始萎靡不振，然后就抛弃了学业，回到家里。在这座小城里，他托人情谋得了一个在县立学校教书的职位，但是和同事们相处不好，学生们也不喜欢他，不久就丢了这个职位。母亲死了。大约半年时间他没有工作，只靠面包和水糊口，后来在法庭当了一名法警。这份差事他一直做到因病被辞退为止。

即使在念大学的年轻时代，他也从来没有给人以身体健康的印象。他总是面色苍白，消瘦，易受风寒，吃得很少，睡眠不佳。只要喝上一杯酒，他就会头脑发晕，癔症发作。他一直渴望和人们接近，但是由于易于激动和生性多疑，他跟谁也亲近不起来，也没有朋友。对城里的市民，他总是不屑一顾，说他们的粗鲁无知和出于本能的醉生梦死的生活使他厌恶和反感。他用男高音说话，嗓门大，情绪激烈，而且总是显出怒气冲冲或义愤填膺的样子，或者怀着兴奋和惊讶的心情，但永远是真诚的。不论你和他谈起什么，他往往归结到一点：城里令人感到气闷，生活毫无趣味，社会没有高尚情趣，过着浑浑噩噩、毫无理性的生活，社会又通过暴力和严重的腐化以及伪善使这种生活呈现出各种面貌；卑鄙的人锦衣玉食，诚实的人食不果腹；需要办学校、诚实报道的地方报刊、剧场、公众朗诵会，需要知识力量的团结；需要让社会认清自我并大吃一惊。他在自己关于人的议论中加入了浓重的色彩，只有黑色和白色，不承认任何色差；人类在他那里只分为诚实和卑劣两种人，居中者是没有的。谈到女人和爱情时，他总是很热烈，很兴奋，但一次也没有坠入过情网。

尽管他言辞激烈，又有点神经质，城里的人们还是喜欢他，背地里称他为瓦尼亚[①]。他与生俱来的彬彬有礼，热心殷勤，作风的正派，精神上的纯洁，以及他破旧的西服、病态的面容和家庭的不幸，都唤起人们美好、温暖与忧伤的感情；再说，他受过良好教

① 瓦尼亚，伊凡的昵称。

育，博览群书，按照城里居民的看法还无事不晓，是一个类似活词典的人物。

他读过很多书。常常是这样：他总是坐在俱乐部里，神经质地揪着胡子，不停地翻阅期刊、书籍；从他的面部可以看出他不是在阅读，而是稍有点懂就生吞活剥地接受了。应当认为阅读是他病态的习惯之一，因为任何到他手边的东西，甚至隔年的报纸和历本，他都一样如饥似渴地抓来就看。在自己家里时，他总是躺着看书。

三

在一个秋天的早晨，伊凡·德米特里奇竖起大衣的领子，沿着街巷和城郊，踩着泥泞的地面啪嗒啪嗒地走着，根据一份法院的执行书去一个市民家收钱。一如往常，每逢早晨他的心情总是闷闷不乐的。在一条胡同里，他遇见两个被拘捕的人，戴着镣铐，被四个带枪的押送兵押解着。以前伊凡·德米特里奇多次遇见过被拘捕的人，每次他们都在他心里激起同情和不自在的感觉，而眼下这次相遇却在他身上留下了独特、奇怪的印象。不知为什么他突然觉得他也有可能被铐起来，也以这种方式踩着泥泞的道路被送进监狱。到过那个市民家以后，在回家的路上，他在邮局附近遇见了一个熟悉的警监，后者向他问了好，还和他在街上一起走了几步，不知什么原因他竟然觉得这很可疑。在家一整天，他脑子里始终忘不了那两个被拘捕者和带枪的士兵，一种朦朦胧胧的内心恐惧使他看不进书，心思也无法集中。到傍晚，他没有点灯，夜间也没有入睡，一直在想他可能被捕，被戴上手铐，关进监牢。他知道自己没有背上任何罪名，而且可以保证今后永远也不会去杀人，去放火，去偷窃。然而偶然的、无意中的犯罪难道不是很容易的事吗？再说，难道不可能出现栽赃，最终导致法庭错判的事吗？千百年来民间的经验教诲人们不要发誓说自己永远不会讨饭和坐牢，这可不是毫无道理的。而法庭错判在如今的司法程序中是非常可能的，这可没什么不可理解的。在职务上、业务上与他人的苦难有关系的人，例如法官、警察、医生，久而久之，由于习惯成自然，已经磨炼到随心所欲的地步，对待自己的当事人除了公事公办，不会有其他的方式；从这方面说，他们和在后院宰杀牛羊而对满地血污视而不见的农民毫无区别。在对人采取表面应付、冷漠无情态度的情况下，要使一个无罪的人丧失一切权利并被判服苦刑，法官只需要一样东西——时间。只需要履行某些手续的时间，为这些手续，法官将被付给报酬，于是便万事大吉。然后你休想在这个肮脏泥泞的小城，远离铁路二百俄里以外的地方寻求公正、保护！而且当社会把形形色色的暴力作为一种理性和合理的必要手段时，当任何一种仁慈的行为，譬如宣判无罪，会引起一系列不满、复仇情绪时，去思考“公正”二字不显得可笑吗？

清晨伊凡·德米特里奇从床上起身时心中惊恐万分，额头上直冒冷汗，他已完全确信自己随时都有可能被捕。他想既然昨天那些沉重的想法在他身上那么久都摆脱不了，那就是说其中有点真实的成分。事实上这些想法钻进脑子里不可能是无缘无故的。

一个警察从容地从窗外走过——这可不是毫无缘由的。你看有两个人在屋子旁边停留而且不说话。他们为什么不说话？

于是对于伊凡·德米特里奇来说，难熬的日日夜夜来临了。凡是从窗外走过和走进院子的人都仿佛是奸细和密探。通常在中午时分，警察局局长乘坐双套马车在街上驶过，这是他从城郊的庄园去警察局，但是伊凡·德米特里奇每一次都觉得他行驶得太快，而且表情非同寻常——显然，他是赶去宣布城里出现了一个非常重要的罪犯。每次门铃响起和有人叩门时，伊凡·德米特里奇都会心惊肉跳；在女房东家遇见新来的人他就不胜苦恼；与警察相逢时他便面露笑容，口打呼哨，以示自己若无其事。每天夜间他都通宵不眠，等待着有人抓他，但是为了让女房东以为他睡着了，他便大声打鼾、呼吸，仿佛睡熟似的，因为如果他睡不着，那就表示他受良心谴责而难受——多么有力的证据！事实和合理的逻辑都在说服他相信所有这些恐惧都是无稽之谈和病态心理，如果眼光放长远一点看，从本质上讲，被捕和坐牢也没有任何可怕之处——只要问心无愧；然而他越是有理智、有逻辑地思考，内心的惊恐就越是强烈和难受。这就像一个隐士想在密林中为自己砍出一小块地方，他越是勤勉地用斧子劳作，林子越是长得繁盛迅猛。最后伊凡·德米特里奇看到这样下去毫无益处，就完全不去思考了，他陷入了绝望和忐忑之中。

他开始孤立自己，避免与人接触。对于公事，他以前就反感，现在则已经不堪忍受。他生怕有人设法陷害他，不露痕迹地把贿赂放进他的口袋，然后再告发他；或者他本人无意间在官方文书中犯下与做伪证有相同后果的错误，或者丢了别人的钱。奇怪的是，他的思维在其他时间从来没有像现在这样灵活机敏和富于创造力，如今他每天臆造出成千上万个形形色色的理由，叫他为自身的自由和名誉大为担忧。但是他对外部世界，尤其对书籍的兴趣却大大减弱了，记忆力开始严重衰退。

春天，积雪化尽的时候，墓地附近的山沟里发现了两具半腐烂的尸体——一个老太婆和一个男孩，具有暴力致死的特征。城里沸沸扬扬议论的都是关于这两具尸体和尚未查明的凶手的事。为了使人们不认为是他杀的，伊凡·德米特里奇便在一条条街上走来走去，还面带笑容，但是遇见熟人时脸上却白一阵红一阵，并且开始表白，说罪行的卑劣莫过于杀害弱者和毫无自卫能力的人。然而这种虚言假语不久就使他腻烦了，经过一番思考，他认为就他的处境而言，最好的办法就是躲进女房东的地窖里。他在地窖里待了一个白天，然后一个整夜又一个白天，感到浑身冷得不行，等到天黑就像贼一样偷偷溜回自己房间。他站在房间中央，纹丝不动，侧耳谛听，直到天明。一大早，太阳升起前，女房东家来了几个修炉工。伊凡·德米特里奇明明知道他们是为了在厨房里重砌炉灶而来的，但是内心的恐惧却向他暗示这是化装成修炉工的警察。他悄悄溜出屋子，心里充满了恐惧，既没有戴帽子，也没有穿外衣，满街乱跑。狗吠叫着在后面追他，一个农民就在后面叫喊，空气在耳边呼呼直响，而伊凡·德米特里奇则觉得全世界的暴力都汇集到了他的背后，正在追赶他。

他被截住了，送回家里，派了女房东去请医生。医生安德烈·叶菲梅奇（关于他，以后我们将会说到）的处方是头部冷敷和桂樱叶滴剂，他对女房东说他不会再来了，因为不该去打扰一个人发疯，说完忧郁地摇了摇头走了。由于家中既无赖以生活的条件，又无治疗措施，很快，伊凡·德米特里奇便被送进医院，安置在花柳病患者的病房。他整夜整夜不眠，常使性子，搅得病人们不得安宁，不久按照安德烈·叶菲梅奇的吩咐被转到了六号病房。

一年以后城里已完全无人记得伊凡·德米特里奇，他的那些书被女房东堆在遮阳棚下的雪橇上，也让小孩子们给拿光了。

四

伊凡·德米特里奇左边的邻床是犹太人莫伊谢伊卡——正如我已经说过的，右边的邻床是一个鼓着一身肥肉，身子几乎呈圆形的农民，他面部表情迟钝，完全痴呆。这是一只不会动弹、贪食和肮脏不堪的动物，早已丧失思维和感知的能力。他身上不断发出令人窒息的刺鼻臭气。

替他收拾的尼基塔狠狠地毒打他，不知心疼自己的拳头。可怕的不是他挨打这件事——对此可以习惯——而是这只迟钝的动物对挨打的反应，既不吭声又不动弹，连眼神也毫无表示，只是像只沉重的木桶那样微微地晃动。

六号病房内住着的第五个，也就是最后一名病人，是个小市民，曾经在邮局里当信件分拣员，一个小小瘦瘦、淡黄头发的男子，长着一张善良，但是有点调皮的脸。从他那双明朗、愉快地望着人的眼睛所透出的聪明而安详的神色判断，他有一个非常重要而得意的秘密藏在自己心底。他的枕头和褥子下面藏着某种他永远秘不示人的东西，但不是怕被夺走或偷走，而是由于不好意思。有时他走到窗前，转身背对病友，在自己胸前戴着什么，低下头去看着。如果此时走到他跟前，他会显得忸怩不安，把某样东西从胸前摘下来。不过要猜出他的秘密并不难。

“祝贺我吧，”他常对伊凡·德米特里奇说，“我被提名呈请授予二级圣斯坦尼斯拉夫带星勋章。二级带星勋章只授予外国人，但是不知何故他们愿意为我破例。”他笑吟吟地说，一面莫解地耸耸肩，“老实说，真没有料到！”

“对此，我一窍不通。”伊凡·德米特里奇闷闷不乐地说。

“可是您知道我早晚会得到什么吗？”前信件分拣员狡黠地眯起眼睛接着说，“我一定会得到瑞典‘北极星’勋章。为这枚勋章是值得忙活一阵的。白色十字章，黑色的带子。挺漂亮呢。”

大概任何其他地方的生活都没有像这座厢房里那么单调。早晨，除了瘫痪在床的人和那个胖农民，所有的病人都在穿堂间从一只木桶里舀水洗脸，用睡袍的里襟擦干。这以后就喝锡制把缸里的茶，茶是尼基塔从医院主楼里取来的。每人按规定喝一杯。中午吃酸菜汤和粥，晚上就吃中午剩下的粥。除此以外的时间里，就是在床上躺着，睡觉，望着窗外，从房间一头到另一头来回走动。天天如此。就连前信件分拣员说的也总是关于勋章的那几句老话。

六号病房里难得见到新来的人。很久以前医生就不再接收精神病患者，而喜欢访问疯人院的人在这个世界上并不多。剃头匠谢苗·拉扎里奇每两个月到一趟厢房。他如何给疯子剃头，尼基塔如何帮助他做这件事，以及每次在酒醉糊涂、笑容满面的剃头匠出现时病人如何惊惶不安，我们就不谈了。

除了剃头匠，谁也不往厢屋里瞅一眼。病人们命中注定日复一日只和尼基塔一个人照面。

但是有一则相当奇怪的流言不久前传遍了医院大楼。

有人放出风声，似乎医生开始光顾六号病房了。

五

奇怪的流言！

安德烈·叶菲梅奇·拉京医生从某种方面来说是个出色的人。据说早先在年轻时代他非常虔诚地相信上帝，准备担任神职。一八六三年中学毕业后他打算进神学院，但是他父亲，一个医学博士和外科医师，似乎将儿子狠狠地嘲笑了一番，断然扬言如果儿子去当神父，他就不认他这个儿子。这件事有几分可信，我不知道，然而安德烈·叶菲梅奇本人却不止一次承认，觉得他不是搞医学的料，而且总的来说不是搞专门学科的料。

不管怎么说，医学系毕业后他没有去当教士。他没有表现出对神的笃信，从医之初也和现在一样，不大像一个神职人员。

他外形敦实、粗犷，像个农民；他的脸，胡子，一头扁平的头发和结实、笨拙的身材，使他像个大路旁小饭馆里饮食过度、放荡不羁、刚愎自用的老板。他面部表情严厉，脸上布满青筋，眼睛小小的，鼻子红红的。与他高大的身材和宽阔的肩膀相匹配的是一双大手和大脚；看样子只要一拳下去，保管叫人一命呜呼。但是他脚步轻巧，走起来小心翼翼，轻手轻脚；在狭小的走廊里与人相遇时他总是先停下来让路，而且不是如你预料的那样粗声粗气，而是柔和、尖声尖气地说："对不起！"他的脖子上有一个不大的瘤子，这使他穿不了领子浆得很硬的衣服，所以他总是穿柔软的亚麻布或印花布衬衫。总之，他不按医生的样子穿着。同一套衣服他会穿上十年左右，新衣服他一般是在犹太人开的铺子里买的，穿在他身上仿佛旧衣服似的，显得那样陈旧、皱皱巴巴。穿着同一件外衣，他既接诊病人，又用餐，又外出做客；然而这并非由于吝啬，而是由于他根本没有把自己的仪表放在心上。

安德烈·叶菲梅奇到城里来报到上班时，慈善机构的状况非常糟糕。病房、走廊和医院院子里臭得叫人透不过气来。医院的男勤杂工、助理护士和他们的孩子跟病人一起在病房里睡觉。他们抱怨说由于蟑螂、臭虫和老鼠，没有地方住。在外科，丹毒还没有消灭干净。全医院只有两把手术刀，而体温表却一个也没有，浴室里存放着马铃薯。总务主任、女管理员和医士勒索病人。关于安德烈·叶菲梅奇的前任老医生，大家说他似乎在暗中出售医院的酒精，而且将助理护士和女病人组成了整整一群他的妻妾。城里的人们清楚地知道这种混乱情况，甚至说得还要严重，然而对此都泰然处之。有些人为此开脱说医院里住的只是小市民和庄稼汉，他们不可能不满意，因为他们家里居住条件比医院里要差得多：又不是让他们来吃山珍海味的！另一些人则辩解说没有地方自治局[①]的资助，光靠一座城市是无力维持一家良好医院的；托上帝的福，尽管不好，毕竟有一家。刚成立的地方自治局则既不在城里，也不在近郊开办任何诊所，理由是城里已经有医院了。

安德烈·叶菲梅奇巡视完医院后得出结论，说这是一个不道德，并且对住院者的健康极为有害的机构。按照他的意见，最明智的做法是放病人出院，将医院关闭。不过他考虑再三，认为要做到这一点光凭他一个人的意愿是不够的，这是无济于事的。如果把肉体和精神的污秽从一个地方驱除，它就会转移到另一个地方：只能等它自行风化。况且，人们既然开办了医院又能容忍它在身边存在，那就表示他们需要它；成见和所有这些生活中的污秽与丑恶现象都是需要的，因为随着时间的推移它们将转化为某种有用的东西，就如粪便化为黑土一样。在自己原始阶段就没有污秽，那样的好东西世界上是不存在的。

安德烈·叶菲梅奇上任以后，对待混乱现象显然相当漠然。他只要求男勤杂工和助理护士别在病房过夜，他还添置了两口放置器具的柜子。总务主任、女管理员、医士和外科的丹毒则依然如故。

安德烈·叶菲梅奇非常喜欢智慧和诚实，然而要在自己身边创建智慧与诚实的生活，他还缺乏坚定的性格和对自己权力的信心。要他命令、禁止或坚持什么，肯定是做不到的。仿佛他曾经发誓永不提高嗓门说话和使用命令口气似的，要他说“给我”或“拿来”是困难的；他想吃饭的时候，便犹豫地咳嗽几声，对厨娘说“我最好能喝点茶”或者“我最好现在吃午饭”。要他对总务主任说不要

① 地方自治局，1864年俄国设立的省、县地方自治机构，受省长及内务部监督，职权仅限于经济方面。

再偷东西，或者把他赶走，或者完全废除这个毫无必要、尸位素餐的职务，对他来说是无能为力的。当别人将他欺骗或向他讨好，或将一份明显有诈的账单拿到跟前要他签字时，他便会面孔红得像虾似的，觉得自己做错了事，不过账单还是照签不误。当病人向他诉说吃不饱或助理护士粗暴时，他显得局促不安，歉疚地喃喃说：

“好，好，我待会儿了解一下怎么回事……也许这里有误会……”

起初安德烈·叶菲梅奇工作十分勤勉。他每天从清早到中午接诊病人，做手术甚至接生。女士们说他细心，能出色地诊断出病症，尤其是儿科和妇科疾病。但是渐渐地由于单调和明显的徒劳无功，这份工作使他感到乏味了。今天接诊三十个病人，你看着，明天就会涌来三十五个，后天四十个，就这样日复一日，年复一年，而城里的死亡率却并未下降，病人也没有停止就诊。从清早到中午给上门就诊的四十个病人认真地提供帮助，在体力上是没有可能的，那就是说不由自主地产生了一个谎言。一年接诊一万两千个病人，说得简单一点就是一万两千人受骗上当。把重病号安置到病房并按科学的规定给他们以照料也做不到，因为规定虽有，科学则无。如果抛开空头议论，像其他医生那样死死地照章办事，那么，为此首先需要的是清洁和通风，而不是满地污秽；是健康的食物，而不是发臭的酸菜汤；是良好的助手，而不是小偷。

再说，既然死亡是每个人正常与合理的结局，为什么要阻止人们死亡？一个商人或官吏多活五年、十年，会有什么结果呢？如果从药物能减轻病痛这一点上看到医学的目的，那就不由得要引出一个问题：为什么要减轻病痛？第一，据说病痛能把人引向完善；第二，如果人类真的学会用丸药和药水减轻自己的病痛，便会彻底抛弃宗教和哲学，而迄今为止人类不仅在这两者中寻求借以躲避不幸的庇护，而且甚至寻求着幸福。普希金临死前经受了可怕的折磨，苦命人海涅也曾数年瘫痪在床，为什么随便哪一个安德烈·叶菲梅奇或玛特莲娜·萨维什娜就不该生病呢？再说，他们的生活空虚无聊，要是没有病痛就会变得空无一物，与阿米巴虫的生活一样。

这样的想法使安德烈·叶菲梅奇心情沮丧，无心工作，不再每天去医院了。

六

他的日子是这样打发的。平常他大约早晨八点起床、穿衣和喝茶，然后坐进自己书房看书或去医院。在这里，医院狭窄幽暗的走廊上坐着等待看病的门诊病人。在他们身旁，快步走着男勤杂工和助理护士，他们的靴子橐橐地敲着砖铺的地面；走过形容消瘦、穿睡袍的病人；抬过死者和盛污物的器皿；孩子在啼哭，穿堂风长驱直入。安德烈·叶菲梅奇知道，对于疟疾患者、结核病患者和凡是敏感气质的病人，这样的环境是十分难受的，可是有什么办法呢？在门诊间里遇见他的是医士谢尔盖·谢尔盖伊奇，这个人个子小小的，胖胖的，脸部刮过，洗得干干净净，有点肿，举止温和，从容不迫，穿一件宽大的西服，与其说他像个医士，倒不如说像个议员。他在城里私自接诊大量病人，戴着白领结，认为与一个根本没有私自行医的医师相比，自己对业务更精通。门诊间的一角，神龛里竖立着一尊大圣像，吊着一盏沉甸甸的长明灯，旁边是一个罩着白色套子的大烛台；墙上挂着高级僧侣们的肖像，一幅斯维雅托戈尔斯克修道院的风景画和几个用干矢车菊编的花环。谢尔盖·谢尔盖伊奇信仰宗教，喜欢华丽的场面。圣像是他供奉的；每逢星期日有一位病人按他的吩咐大声诵读赞美上帝的颂歌，诵读完毕后谢尔盖·谢尔盖伊奇手提香炉巡视每一个病房，摇动香炉让香气散发出来。

病人很多，而时间很少，所以只能简单地问询一下，开点儿氨搽剂或蓖麻油之类的药了事。安德烈·叶菲梅奇坐着，用拳头托着腮帮沉思，机械地问几个问题。谢尔盖·谢尔盖伊奇也坐着，搓着双手，有时插几句话。

“我们生病，受穷，”他说道，“是因为没有好生向仁慈的上帝祈祷。是的!”

安德烈·叶菲梅奇门诊时不做任何手术；这项工作他早已荒疏，而且见了血他会心神不宁，感到难过。当他不得不让婴儿张口，以便察看咽喉，而婴儿哭叫着用小手挡护自己时，由于耳际的噪音他会头晕，眼泪也会夺眶而出。他匆匆开了药，挥挥手让女人赶快把婴儿抱走。

看病的时候，病人的胆怯和头脑不清，近在身旁、外表华丽的谢尔盖·谢尔盖伊奇，墙上的画像以及他自己那些一成不变地提了二十多年的问题，很快使他厌烦了。看过五六个病人以后他就走了。剩下的病人就由医士来看。

他高兴地想，托上帝的福他早就不再私人行医，没有任何人会来打搅他，当他怀着这样的思绪回到家后，立刻坐到书房里的桌子前，开始阅读。他阅读的东西很多，总是看得津津有味。他一半的薪水花在了购书上，家里的六个房间中有三个堆满了书和旧期刊。他最喜欢看的是历史和哲学方面的著作；医学方面他只订一本《医生》杂志，这本杂志他总是从最后面读起。每次阅读都会不间断地持续几个小时，而且不会觉得疲劳。他的阅读与伊凡·德米特里奇当初的阅读不同，速度不快，也不激动不安，而是慢慢地细细体味，常常在他喜欢或尚未读懂的地方停顿下来。书旁总是放一个装着伏特加的长颈酒瓶，还有腌黄瓜或渍苹果，直接放在呢桌布上，不装在盘子里。每过半个小时，他眼不离书本，给自己斟上一杯酒，喝干了，然后眼睛不看，摸过来一根黄瓜，咬下一口。

到三点钟时，他小心地走到厨房门口，咳几下说：

“达里尤什卡，是否能让我把午饭吃了……”

吃过相当糟糕和不干不净的午饭以后，安德烈·叶菲梅奇把双手交叉在胸前，在自己的房间里踱来踱去，思索着。钟敲四下，然后五下，可是他还是在踱步、思考。有时厨房的门咯吱一响，从里面探出达里尤什卡红通通、睡眼惺忪的脸。

“安德烈·叶菲梅奇，您是不是该喝啤酒了？”她关切地问。

“不，还没有到时间……”他答道，“我等一会儿……等一会儿……”

傍晚时一般是邮政支局局长米哈伊尔·阿维里扬内奇来访，他是城中唯一对安德烈·叶菲梅奇来说与之交往不会觉得难受的人。米哈伊尔·阿维里扬内奇曾经是个十分富裕的地主，并在骑兵部队服役，但是破了产，迫于生计，临近老年进了邮政部门。他的外表显得朝气蓬勃而且健康，长着一副茂密而秀美的灰白色连鬓胡，举止风雅且富有教养，嗓音洪亮悦耳。他心地善良，多愁善感，但是性情急躁。如果邮局里的顾客中有人提出不同意见，不愿配合或争执起来，米哈伊尔·阿维里扬内奇就会面孔涨得通红，浑身颤抖，用雷鸣般的声音喊道：“住口！”所以邮政支局早就有了“叫人怕进门的机关”这样的名声。米哈伊尔·阿维里扬内奇敬重并喜欢安德烈·叶菲梅奇，因为他有学问，心灵高尚，但他对其他居民的态度则居高临下，就如对待下属一般。

“是我来啦！”他走进安德烈·叶菲梅奇家门时说道，“您好，亲爱的！我该不会让您讨厌了吧，啊？”

“相反，非常高兴，”医生回答他说，“见到您我总是高兴的。”

两个朋友在书房里的沙发上坐下，默默地抽上一阵子烟。

“达里尤什卡，最好能给我们喝点啤酒！”安德烈·叶菲梅奇说。

第一瓶啤酒是不声不响地喝完的：医生若有所思；米哈伊尔·阿维里扬内奇露出快乐而兴奋的神色，仿佛有非常有趣的事要说似的。总是医生先打开话匣子。

“真遗憾，”他摇摇头，也不正视自己谈话的对象（他从来就不正面看人），慢条斯理地轻轻说，“真是深深的遗憾，尊敬的米哈伊尔·阿维里扬内奇，我们城里压根儿就没有人善于而且喜欢进行睿智而有趣味的谈话。这可是我们的巨大损失。连知识分子都不能免俗而超然卓立。他们的发展水平，我告诉您，丝毫不比下层人高。”

“完全正确，我同意。”

“您自己知道，”医生轻轻地、慢条斯理地接着说，“这个世界上什么都微不足道，没有趣味，除了人的智慧在崇高精神活动中的表现。智慧在动物和人之间画了一条十分鲜明的界线，暗示着后者的神圣性，而且在某种程度上甚至替代着它并不存在的不朽性。从这一点来说，智慧是快乐的唯一可能的源泉。我们在自己身边看不见也听不到智慧，那就意味着我们丧失了快乐。不错，我们有书籍，但这完全不是生动的交谈和交往。如果您允许我作一个不完全恰当的比喻，那么书就是乐谱，而交谈则是演唱。”

“完全正确。”

又开始沉默。这时达里尤什卡从厨房里出来，带着迟钝、哀伤的表情，握拳支着腮帮，在门口停住脚步想听他们谈话。

“唉！”米哈伊尔·阿维里扬内奇叹气说，“你是寄希望于当前有智慧的人！”

于是他讲述以前的日子过得多么健康、欢乐和有滋有味，俄国曾经有过多么聪慧的知识分子，他们把关于名誉和友谊的概念放到多么崇高的地位。借钱不用开借据，如果不向有急需的朋友出手相助，就被认为是一种耻辱。曾经有过什么样的征战、历险、冲突，有过什么样的伙伴和女人！高加索又是多么神奇的地方！一位营长的妻子，一个古怪的女人，穿上军官的服装，每到夜晚就只身进山，不要向导。据说她和当地山村的某个首领之间有过一段风流韵事。

“圣母啊，我的妈啊……”达里尤什卡赞叹道。

“再看他们怎样豪饮！怎么大快朵颐！这是一群多么不可救药的自由主义分子！”

安德烈·叶菲梅奇听着，却没有听进去，他在想着什么，一小口一小口地啜饮着啤酒。

“我经常梦见聪明的人，还和他们交谈，”他突然打断米哈伊尔·阿维里扬内奇的话说道，“我的父亲让我受到良好的教育，但是在六十年代思潮的影响下硬叫我当了个医生。我觉得如果当初我没有听从他，那我现在也许就处于智力运动的中心了，说不定是大学某个系的教师了。当然，智慧也不是永恒的，而是易逝的，不过您已经知道我为什么对它有所偏爱。生活是个讨厌的陷阱。当一个会思索的人到达成熟的阶段，进入成熟的意识时，他情不自禁地会感到自己仿佛走进了一个没有出路的陷阱。事实上他是违背自己的意愿，受某些偶然性的引诱，从虚无走向了生活……为什么？他想知道自己存在的意义和目的，人们没有告诉他，或者告诉了他荒诞的东西。他叩响了门，但是人们没有为他开门；死亡正向他走来——同样违背他的意愿。在监狱里，当因共同的不幸而相互维系的人们聚集在一起时，反而觉得更轻松；同样，在生活中，当喜欢分析和总结的人们聚集在一起，并在交流高傲、自由思想的过程中打发时光时，你也发现不了陷阱。在这个意义上，智慧是一种不可替代的享受。”

“完全正确。”

安德烈·叶菲梅奇不正视对方的面孔，轻轻地讲讲停停，继续讲述着聪明的人们以及与他们的对话，米哈伊尔·阿维里扬内奇则专注地听着他的讲述，表示赞同地说：“完全正确。”

“您不相信灵魂不死吗？”邮政支局局长突然发问。

“对，不相信，尊敬的米哈伊尔·阿维里扬内奇，而且没有理由相信。”

“说实话，我也怀疑。不过，虽然我有这样一种感觉，似乎我永远不会死。哎哟，我暗自想道，你这个老东西，该死了！可是心里面有另一个声音在说：‘别相信，你不会死！……’”

九点钟刚过，米哈伊尔·阿维里扬内奇要走了，他在前厅一面穿衣服，一面叹口气说：

“可是命运把我们引到了多么荒凉的地方！最讨厌的是不得不在这儿死。唉！……”

七

送走朋友后，安德烈·叶菲梅奇在案前坐下，又开始阅读。没有任何一个声音来破坏傍晚的，包括之后黑夜的宁静，时间仿佛停步了，和看书的医生一起凝滞了，似乎除了这本书和罩着绿色罩子的灯火，什么也不存在。医生粗犷、农民般的脸庞上渐渐映现出对人类智力运动的欣慰和兴奋的笑容。“哦，为什么人做不到不死呢？”他忖道，“为什么要有大脑中枢和脑回，为什么要有视觉、语言、自我感觉、天才呢？既然这一切注定要进入土壤并最终和地壳一起冷却，然后和地球一起环绕太阳毫无意义、毫无目的地转上几百万年？为了冷却，然后旋转，完全不必使人连同他高级的、几乎神圣的智慧从虚无状态摆脱出来，然后又仿佛嘲弄似的，使它化作泥土。”

新陈代谢！然而用这种替代不灭的理论来安慰自己的做法是何等怯懦的行为！发生在自然界的毫无意义的过程甚至比人类的愚蠢行为还要低下，因为愚蠢行为中毕竟还有意识和意志，而那些过程里恰恰什么也没有。唯有面对死亡的恐惧超过了自尊的懦夫才会用这样的理论去宽慰自己，认为人体将来会在野草、岩石和蛤蟆体内得到生存……在新陈代谢中看到自己的不灭，同样是怪论，就如一把珍贵的小提琴被打碎、成为无用之物以后再来预言装它的盒子将有辉煌的前程一样。

时钟敲响的时候，安德烈·叶菲梅奇向后靠到椅背上，闭起眼睛想上一会儿。无意间，在书中读到的美好思想的影响下，他把目光投向了自己的过去与现在。既往令人厌恶，最好别去想它。而现在的情况也与既往毫无二致。他知道到那个时候，当他的思想和冷却的地球环绕太阳旋转之际，在医生住所的旁边，大楼里的人们正在受疾病和身体不洁的煎熬；也许有人难以成眠，正和昆虫搏斗；有人感染了丹毒，或者因绷带扎得过紧而呻吟；也许病人正和助理护士打牌，喝酒。每年有一万两千个病人受骗上当；医院的一切工作和二十年前一样，建立在偷盗、争吵、诽谤、徇私舞弊和不可容忍的招摇撞骗上，医院依然是一个没有道德、对居民的健康极度有害的机构。他知道六号病房的栅栏里面尼基塔在殴打病人，莫伊谢伊卡天天在城里转悠，收集施舍物。

从另一个角度来看，他清楚地知道最近二十五年内医学发生了神话般的变化。他在大学求学时曾觉得医学似乎要面临炼金术和形而上学一样的遭遇，而如今，在他每日晚读之时，医学却使他怦然心动，令他惊诧和兴奋。确实，这是多么意想不到的辉煌，多么伟大的革命！由于有了灭菌法，伟大的彼罗戈夫[1]认为即使在将来[2]也不可能做的手术，现在都在做了。地方自治局派任的普通医生就能决定做膝关节的部分切除手术，剖腹手术一百例中只有一例死亡，结石症被认为是微不足道的小事，梅毒能彻底治愈。而遗传理论、催眠学、巴斯德和科赫[3]的发现、以统计学为基础的卫生学，以及我们俄罗斯地方自治局属下的医学呢？精神病学和它的疾病分类法、诊断和治疗法——这和以往相比简直是整整一座厄尔布鲁士山。如今不再向精神病患者头上浇冷水，也不给他们穿热病患者穿的衬衫；对待他们的方法也合乎人道原则，甚至如报上写的，还为他们演戏和举办舞会。安德烈·叶菲梅奇知道，按照如今的观点和品位，像六号病房那样可恶的现象，除非在远离铁路二百俄里外的小城里才可能存在，在那里，市长和议员都是半文盲的小市民，他们把医生看成术士，即使他把熔化的锡往人的口里灌，也应当对他不加批评地信任；要是在别的地方，公众和媒体早就把这个小巴士底狱砸个稀巴烂了。

“但是怎么样呢？”安德烈·叶菲梅奇睁开眼问自己，“这有什么结果呢？灭菌法也罢，科赫也罢，巴斯德也罢，丝毫改变不了事情的本质。发病率和死亡率依然如故。为疯子开舞会、演戏，可依然不放他们出去。就是说仍然是满口胡言，一切都是徒劳，维也纳最好的诊所和我的医院之间实质上并无任何区别。”

---

① 彼罗戈夫（1810—1881），俄国解剖学家、外科学家和教育家。

② 原文为拉丁文。

③ 巴斯德（1822—1895），法国科学家、近代微生物学和免疫学奠基人，发现发酵的性质，制定无菌法和灭菌法。科赫（1843—1910），德国微生物学家、现代细菌学和流行病学奠基人，发现结核病病原体，最早分离出炭疽杆菌。1905年获诺贝尔奖。

然而哀伤和类似妒意的感情使他难以无动于衷。这也许是疲劳所致，沉甸甸的脑袋向书本垂去，他用双手托住脸，想柔软一点，于是想：

“我从事的是一项有害的工作，我从被我欺骗的人那里获取薪水。我是个不诚实的人。不过就本身而言，我什么也不是，我只是社会上必然存在的坏事中的一部分：县里所有官僚都是有害的，而且平白无故地获取薪水……就是说，我不诚实，错不在我，而在时代……如果我晚生二百年，也许我是另一个人了。”

钟敲三点时他熄了灯，走进卧室去。他没有睡意。

八

大约两年以前，地方自治局变得慷慨起来，每年拨款三百卢布，作为增加市立医院医务人员的津贴，直至地方自治会的医院开办。于是市里请来了县医院的医生叶甫盖尼·费奥多雷奇·霍鲍托夫协助安德烈·叶菲梅奇。这个人还很年轻（他连三十岁都还不到），是个高个儿的黑发男子，有一双宽宽的颧骨，小小的眼睛；大概他的先人不是俄罗斯人。他来到城里时身无分文，带着一只小手提箱和一个其貌不扬的年轻妇女，他称她是自己的厨娘。这个女人有个吃奶的孩子。叶甫盖尼·费奥多雷奇戴一顶鸭舌帽，穿一双高筒靴，冬天则穿短大衣。他和医士谢尔盖·谢尔盖伊奇，还有出纳员交上了好朋友，不知为什么他把其他的职员称为贵族，对他们避而远之。他的整个寓所里只有一本书——《1881年维也纳诊所最新处方》。去给病人看病时，他总带着这本书。每天晚上他在俱乐部里打台球，不喜欢打牌。聊天时他非常喜欢使用这样一些字眼，诸如“单调无聊的麻烦事”“废话连篇”“叫你背上恶名”等等。

他一星期来医院两次，巡视病房，给门诊病人看病。毫无灭菌措施和拔血罐使他愤慨，但是他又不引进新的秩序，生怕这样会使安德烈·叶菲梅奇受辱。他认为自己的同事安德烈·叶菲梅奇是个老滑头，怀疑他有大笔经费，暗中妒忌他。他可很想霸占他的位置呢。

九

在一个春日的傍晚，时值三月末尾，地面已经没有积雪，医院的花园里椋鸟正在啼鸣，这时医生送自己的朋友邮政支局局长出去，直至大门口。正好此时乞讨回来的犹太人莫伊谢伊卡走进院子来。他没有戴帽子，赤脚穿一双低帮套鞋，手里捧着装有施舍物的小袋子。

“给个小钱吧！”他对医生说，身子冻得瑟瑟发抖，脸上挂着笑容。

从来不会拒绝的安德烈·叶菲梅奇给了他一枚十戈比银币。

“这多不好啊，”他望着他那双赤裸的脚和瘦骨伶仃、发红的脚踝想，“都湿了呢。”

于是，在一种类似怜悯和厌恶的情感驱使下，他跟随犹太人进了厢房，时而望望他的秃顶，时而望望他的脚踝。看到医生进来，尼基塔从垃圾堆上一跃而起，挺直了身子。

“你好，尼基塔，”安德烈·叶菲梅奇和蔼地说，“最好给这个犹太人发双靴子，怎么样？要不会感冒的。”

“是，大人。我去报告总务主任。”

“请去吧。你以我的名义向他请求。就说是我请求的。”

从穿堂间到病房的门开着。伊凡·德米特里奇躺在床上，用臂肘支撑着稍稍抬起身子，惊惶地谛听着陌生人的声音，突然认出了医生。因为愤怒，他全身颤抖起来，霍地一下跳起，恶狠狠地涨红了脸，瞪着眼跑到病房中央。

“医生来了！”他喊道，随即哈哈大笑起来，“终于来了！先生们，祝贺你们，医生用他的来访来恩赐我们了！该诅咒的恶棍！”他尖声叫着，而且以病房里从未见过的狂暴样子跺了一下脚，“杀了这个恶棍！不，杀死还不够！扔进茅坑淹死他！”

安德烈·叶菲梅奇听到这些话，从穿堂间往病房里望了一眼，柔声柔气地问：

“为什么呢？”

“为什么？”伊凡·德米特里奇露出咄咄逼人的样子，走近他身边，痉挛地用睡袍裹紧身子，喊道，“为什么？小偷！”他厌恶地说，嘴唇做出想吐唾沫的样子，“骗子！刽子手！”

“您安静一下，”安德烈·叶菲梅奇歉疚地莞尔一笑说，“我请您相信，我从来没有偷过任何东西，至于其他方面，看来您是过于夸张了。我看到您在生我的气。请安静下来，我请求您，如果可能，请冷静地告诉我，您为什么生气？”

“为什么把我关在这里？”

“因为您有病。”

“不错，有病，可是有数十上百的疯子却在自由游荡，因为你们的无知使你们不可能把他们和健康人加以区别。究竟为什么，我，还有这些不幸的人却要坐在这里为大家当替罪羊？您、医士、总务主任，还有医院里所有的混蛋，在道德方面比我们不知要低多少，为什么我们倒要坐在这里，你们却不？这是什么逻辑？”

“道德和逻辑这里倒谈不上。一切都取决于机缘。谁被关了，谁就坐在这里，谁没有被关，谁就逍遥自在，就这么回事。至于我当医生，您有精神病，其中既无道德问题，也无逻辑问题，只有一个无实质内容的偶然性。”

“这种怪论我不懂……”伊凡·德米特里奇轻轻说着，坐到了自己床上。

由于医生在场，尼基塔不便对莫伊谢伊卡搜身，所以莫伊谢伊卡便把一块块小面包、纸币和小骨头在自己床上摆开，身子仍然冻得瑟瑟发抖，用犹太语快速地、唱歌般地说着什么。大概他想象自己开起了小铺子。

“放我出去。”伊凡·德米特里奇说，他的嗓音颤抖了一下。

“我不能。”

“可为什么？为什么？”

“因为这不取决于我。您想一想，如果我放您出去，对您有什么好处？您走出去，市民或警察会把您扣留，再送回来。”

“不错，不错，这是实话……”伊凡·德米特里奇说道，同时擦了擦自己的前额，“这真可怕！可是我怎么办呢？怎么办？”

安德烈·叶菲梅奇喜欢伊凡·德米特里奇的嗓音和他年轻、聪明、现出怪相的脸。他想对他温和些，给他些安慰。他和他并排在床上坐下，想了想说：

“您问怎么办？像您这种处境，最好的办法是从这里逃走。但是很遗憾，这样做毫无益处。您会被抓住。当社会将自己和罪犯、精神病患者，以及所有不合适的人隔离开来的时候，它是不可战胜的。您能做的只有一件事：心安理得地接受一个思想——您待在这里是必需的。”

“谁都不需要这样做。”

“既然存在监狱和疯人院，那就应该有人关在里面。不是您，就是我。不是我，就是某个第三者。等着吧，在遥远的将来，当监狱和疯人院不再存在时，那么无论窗户上的栅栏还是病人的睡袍，都将不再存在。当然，这样的时代是早晚会到来的。”

伊凡·德米特里奇嘲弄地微微一笑。

“您在开玩笑，”他眯起双眼说，“像您和您的助手尼基塔那样的先生，与未来毫无关系，但是您可以相信，仁慈的先生，美好的时代一定会到来！就算我说得俗不可耐，您要嘲笑就嘲笑吧，但是新生活的曙光终将放射出光芒，真理终将取得胜利，而且在我们这条街上将会出现节日的喜庆！我是等不到了，我会死去，不过总有人的子孙后代会等到那一天。我衷心地欢迎他们，感到高兴，为他们高兴！前进！愿上帝保佑你们，朋友！”

伊凡·德米特里奇带着炯炯有神的目光站起来，双手向窗口方向伸去，嗓音里含着激动的情绪，继续说：

“我从这栅栏里面向你们祝福！真理万岁！我感到高兴！”

“我找不出可以高兴的特殊理由，”安德烈·叶菲梅奇说，伊凡·德米特里奇的动作在他看来像在演戏，同时使他非常喜欢，“监狱和疯人院将不复存在，真理也如您所说终将取得胜利，然而事情的本质却没有变化，大自然的规律依然如故。人们仍然会和现在一样生病、衰老和死亡。无论照亮您生活的曙光多么辉煌，您仍然会被钉在棺材里，扔进墓穴中。”

“那么长生不死呢？”

“唉，不说了吧！”

“您不相信，可是我相信。在陀思妥耶夫斯基还是伏尔泰的作品里，有人说过，如果没有上帝，人们也会臆造出一个上帝。我深信如果没有长生不死，那么人类伟大的天才早晚会发明出一个来。”

“说得好，”安德烈·叶菲梅奇满意地微笑着说，“您有信念，这很好。有了这样的信念，一个人即使藏在壁龛里，也会活得很好。您在哪儿受过教育吧？”

“是的，我上过大学，但是没有毕业。”

“您是个善于独立思考、思想深刻的人。在任何情况下，您都能在自己内心求得安宁。为追求对生活的理解而自由、深刻地去思考，对世间愚蠢、无谓的奔忙的彻底蔑视，这就是人类迄今为止最高的两种幸福。而您却拥有这样的幸福，虽然您身处三重栅栏之内。第欧根尼[①]住在一个木桶内，但是他比世界上所有的君主都幸福。”

“您那第欧根尼是个笨蛋，”伊凡·德米特里奇闷闷不乐地说，“您干吗跟我说第欧根尼，还有什么理解之类的事情？”他突然生起气来，霍地一下跳了起来，“我爱生活，热烈地爱它！我患有被迫害妄想症，一直受恐惧的折磨，但是心里经常充满了对生活的渴望，这时我便担心会发疯。我非常想生活，非常想！”

他激动地在病房里走几步，压低了声音说：

“在我幻想的时候，幽灵就会来拜访我。有一些人向我走来，我听到人声、音乐声，我觉得我似乎在某处森林和海滨漫步，于是我是那么渴望忙碌、操劳……请告诉我那里有些什么新情况？”伊凡·德米特里奇问道，“那里情况怎么样？”

“您是想知道关于城市里的情况，还是一般情况？”

“那就先讲关于城市里的，然后讲一般的情况。”

“有什么好说呢？城市里乏味得叫人难受……没有人可以说话，没有人的话可以听。没有新人。不过不久前来了一个年轻医生霍鲍托夫。”

① 第欧根尼（前约400—前约320），古希腊犬儒哲学家，奉行极端的禁欲主义，故作癫狂至于怪癖。传说他居住在一个木桶内。

“趁我在这里他就来了。怎么样，是个粗鲁无礼的人？”

“是啊，一个缺少教养的人。您知道吗？很奇怪……从各方面来看，我们的大都市里没有思想停滞不前的情况，它在运动，就是说那里应当有真正的人，可是不知为什么每次从那里派给我们的都是我看不上的人。不幸的城市。”

“是啊，不幸的城市！”伊凡·德米特里奇叹了口气，笑了起来，“那么一般情况怎么样呢？报纸和刊物上写些什么呢？”

病房里已经暗下来。医生起身站着，开始告诉他国外和俄罗斯国内都写些什么，出现什么样的思想动向。伊凡·德米特里奇专心地听着，提一些问题，然而猛然间他仿佛想起了一件可怕的事，抓住自己的脑袋，背对着医生躺到床上。

“您怎么啦？”安德烈·叶菲梅奇问。

“您别想从我这儿再听到一句话！”伊凡·德米特里奇粗暴地说，“别管我！”

“究竟为什么呢？”

“我告诉您，别管我！何必呢？”

安德烈·叶菲梅奇耸耸肩，叹了口气就走了出去。经过穿堂间时他说：

“尼基塔，能不能将这里打扫一下……气味难闻极啦！”

“是，大人。”

“多么讨人喜欢的一个年轻人。”安德烈·叶菲梅奇走回自己寓舍时忖道，“在我住在此地的全部时间里，这似乎是第一个我可与之交谈的人。他善于思考，关心的正是需要关心的事。”

在阅读以及后来躺在床上的时候，他一直在想伊凡·德米特里奇，而翌日清晨醒来的时候他想到昨天结识了一个聪明而有趣的人，于是决定一有空再去看他。

十

伊凡·德米特里奇采取和昨天相同的姿势躺着，双手抱头，双腿紧缩，看不到他的脸。

“您好，我的朋友，”安德烈·叶菲梅奇说，“您不是在睡觉吧?”

“首先，我不是您的朋友，”伊凡·德米特里奇把头埋在枕头里说，“其次，您这是枉费心机：您甭想从我口中套出一句话。”

“怪了……”安德烈·叶菲梅奇尴尬地自语说，“昨天我们谈得那么投机，可是您突然间觉得被耍了，一下子把谈话中断了……也许我说得不怎么妥当，或许可能是我说出了与您的信念不一致的思想……”

“是啊，我就那么相信您!”伊凡·德米特里奇稍稍抬起身子，嘲笑而惶恐地望着医生说，他的眼睛是红的，“您可以到别的地方去做密探，去打听。在这儿，您可就无所作为了。我昨天就明白您是干什么来了。”

“奇怪的想象!”医生冷冷一笑，“就是说您认为我是密探?”

“是的，我认为……对我进行试探的密探或医生，这两者是半斤八两。”

“唉，您啊，请原谅我说句实话……您可真是个怪人!”

医生在床边的方凳上坐下，责备地摇了摇头。

“可是就算您说对了，”他说道，“就算我采用叛徒的手段抓住您的话把您出卖给警察，您将被捕，然后受审，但是在法庭上和监牢里难道您的处境会比这里差？如果判您永久流放甚至服苦役，难道比在这间厢房里更坏？我认为不会更坏……您究竟怕什么呢?”

看得出来，这些话在伊凡·德米特里奇身上起了作用。他安静地坐了起来。

当时是傍晚四点多，是平时安德烈·叶菲梅奇在自己那几个房间里踱步，达里尤什卡问他是不是该喝啤酒的时候。外面的天气宁静而晴朗。

“我是吃完午饭出来散散步，就顺便走了过来，这您看见了，”医生说，“完全是春天啦。”

“现在是几月？三月吗？”伊凡·德米特里奇问。

“是啊，三月底啦。”

“外面地上还泥泞吗？”

“不了，不太泥泞了。花园里已经露出了小路。”

“现在乘车到城外什么地方走走才好呢？”伊凡·德米特里奇说道，一面揉着自己那双发红的眼睛，仿佛刚睡醒似的，“然后回家，走进温暖舒适的书房，接着……到一个像样的医生那儿治头痛病……我很久没有过人一样的生活了。这里，真讨厌！讨厌得叫人无法忍受！”

经过昨天的兴奋激动，他疲倦了，没精打采了，懒得说话。他的手指在颤抖，从脸色看得出他头痛得厉害。

“温暖舒适的书房和这间病房没有任何区别，”安德烈·叶菲梅奇说，“人的安宁和满足不在他的身外，恰恰在他的内心。”

“也就是，怎么说？”

“一般人期望从外部，也就是从马车和书房得到好的或坏的东西，而一个善于思考的人则从其自身。”

“您到希腊鼓吹这套哲学去，那里气候温和，酸橙花飘香，这里的气候对它不合适。我跟谁说过第欧根尼来着？跟您是不是？”

“是的，昨天跟我。”

“第欧根尼并不需要书房和温暖的住所。没有这些那里已经够热了。让自己躺在木桶里，嘴里吃着橙子和橄榄果就行了。如果把他带到俄国来生活，那他不用到十二月，到五月就要求进屋去了。恐怕身子要冻得缩成一团了。”

“不。寒冷和任何一般的疼痛一样，也可以不去感知它。马可·奥勒留[①]说过：‘疼痛是生命体关于疼痛的一种印象：通过意志的努力改变这个印象，抛弃它，停止诉苦，疼痛便消失了。’这是正确的。圣贤，或者简单地说善于思考、思想深刻的人的特点就在于他蔑视苦难。他总是心满意足，对什么也不觉得奇怪。”

“就是说我是白痴，因为我受苦受难，心怀不满，对人的卑劣性感到奇怪。”

“您这样想是无用的。如果您经常去深入思考，您就会明白，外部那一切使我们激动不安的东西是那么微不足道。需要努力去感悟生活，而在这感悟中就会有真正的幸福。”

“感悟……”伊凡·德米特里奇皱起了眉头，“外部的，内心的……对不起，这些事我理解不了。我只知道，”他一面站起来，一面气呼呼地看着医生说，“只知道上帝用热血和神经创造了我，是的！有机体组织如果是有生命力的，那么它对各种刺激应当有反应。我就有反应！对疼痛，我以叫喊和眼泪来回答；对下流行为，我表示愤怒；对卑鄙的事情，我表示反感。我认为，这本身就叫作生命。有机体越低级，它的敏感度就越小，对刺激反应也越弱；有机体越高级，那么它对现实的反应就越敏感和强烈。怎么不知道这个道理呢？一个医生，竟然连这样的小事也不知道！为了蔑视痛

① 马可·奥勒留（121—180），自161年起为罗马安东尼王朝皇帝，依靠元老阶层的支持恢复对亚美尼亚的保护，通过对帕提亚人的战争攫取了美索不达米亚。哲学著作有《沉思录》。

苦，永远知足和对任何事情不觉得奇怪，就需要达到这种状态，”说着，伊凡·德米特里奇指了指长满一身肥肉的农民，“或者用苦难磨炼自己，直至对它失去感觉的程度。换句话说，就是停止生存。请原谅。我不是圣贤，也不是哲学家，”伊凡·德米特里奇激动地往下说，“对此，我一无所知。我不会讲大道理。”

“相反，您讲的道理十分精彩。”

“您效仿的斯多葛派[①]哲学家都是些杰出的人，然而他们的学说在两千多年前就僵化了，没有点滴进步，将来也不会进步，因为它不切实际，也没有生命力。这种学说只在少数人中间获得成功，这些人在对形形色色的学说的深入钻研和细细品味中度过生活，大部分人不理解这种学说。鼓吹对财富和舒适的生活无动于衷、对苦难和死亡不屑一顾的学说，在绝大多数人看来是不可理解的，因为无论财富还是生活的舒适，大多数人从来没有领略过；而对苦难不屑一顾，对他们来说就意味着对生命本身不屑一顾，因为人的整个生命体就是由对饥饿、寒冷、屈辱、损失和哈姆雷特式的面对死亡的恐惧的感觉构成的。全部生命就存在于这些感觉之中，可以因它而苦恼，可以对它仇恨，但不是蔑视。是的，所以我再说一遍，斯多葛派的学说永远不会有前途，从世纪初至今，正如您看到的，人们一直在鼓吹斗争、对痛苦的敏感、对刺激反应的能力……”

伊凡·德米特里奇突然找不到思路了，停了下来，懊丧地揉搓着前额。

“我想说一个重要的话题，可是思路乱了套，”他说，“我说什么来着？对了！我说的就是这件事：有一位斯多葛派学者为了替自己的一个近亲赎身，将自己卖身为奴。您看到了，就是说连斯多葛

① 斯多葛派，公元前3世纪初开始形成的古希腊哲学流派。

派学者也对刺激有反应，因为为了做出舍己为人这样一个宽宏大度的行为，需要一个充满激愤之情、富于同情的心灵。我在这里的监牢里把曾经学过的一切都忘了，否则还能记起什么来。就以基督为例好吗？基督对现实的回答是哭泣、微笑、忧伤、愤怒，甚至怀念；他并未含着笑容去受难，也不蔑视死亡，而是在客西马尼园里祈祷让这杯离开他[①]。”

伊凡·德米特里奇笑了起来，坐了下去。

“就算安宁和满足不在他的身外，而在他的内心，”他说，“就算需要对苦难不屑一顾，对任何东西都不感到奇怪，可是您凭什么来宣扬这一点？您是圣贤？哲学家？”

“不，我不是哲学家，但是每一个人都应当宣扬这一点，因为它合乎情理。”

“不，我想知道为什么在理解对苦难的蔑视和其他问题上，您把自己看作行家里手呢？难道您曾经受过苦难？您有关于苦难的概念？请告诉我：您小时候受过鞭打吗？”

“不，我父母对体罚是反感的。”

“可是我的父亲曾残暴地打过我。我父亲是个专横、患有痔疾的官员，有一个长长的鼻子和黄黄的脖子。不过我们还是来谈您。您一生中没有人用手指碰过您一下，没有人吓唬过您，把您打得畏畏缩缩。您像头牛一样健壮。您在父亲的呵护下成长，靠他供给您读书，然后马上到手一份待遇优厚的挂名差事。二十多年来，您都

---

① 客西马尼园是耶路撒冷城外橄榄山侧的一座小园，耶稣常在此祈祷。“这杯”指盛葡萄酒的酒杯，耶稣曾对十二门徒说这杯中之酒是他立约的血。耶稣知道自己被犹大出卖后，在客西马尼园里祷告说：“我父啊！倘若可行，求你叫这杯离开我。”（《圣经·新约·马太福音》26章20—39节）本句原文在俄语里已经成为一个成语，意即“不使某人受苦”，本文中译者还是按字面直译，而没有按成语的含义翻译，因为有《圣经》的典故，特此说明。

住在免费公寓里，有取暖设施、照明设备，有仆役，同时有权随心所欲地工作，即使什么事也不做。您生来是个懒散、意志薄弱的人，所以努力把自己的生活安排得什么也不用担心，免得您动弹。您把事情交给医士和其他一些混蛋去办，自己则坐在暖和安静的地方，积攒钱财，阅读书籍，陶醉于沉思各式各样高雅的荒唐事，而且（伊凡·德米特里奇望了望医生的红鼻子）喝啤酒。总而言之，您没有见识过生活，完全没有认识它，您对现实的认识只是理论上的。而您蔑视苦难，什么都觉得不足为奇，凭的就是一个十分简单的理由：尘世万事皆空，无论表面上还是内心里，对生存、苦难和死亡都不屑一顾，要明白事理，追求真正的幸福——这一切都是最适合俄罗斯懒汉的哲学。比如您看见农民殴打妻子。管他干吗？让他揍去吧，反正两个人早晚都会死的；而且殴打行为所侮辱的不是被打的人，而是打人的人他自己。酗酒是愚蠢的，有伤大雅，但是喝酒会死，不喝酒也会死。一个婆娘来了，害牙痛病……这算什么呢？疼痛不过是关于疼痛的印象，而且人活在这个世界上免不了病痛，我们都会死去，所以婆娘你滚吧，别打扰我思考和喝酒。一个年轻人请教怎么办，如何生活。要是换一个人，在回答前会沉思起来，而您却已经准备好答案：努力去理解或努力去追求‘真正的幸福’。而这虚无缥缈的‘真正的幸福’是什么呢？当然，答案是没有的。我们被拘禁在这栅栏里面，忍受煎熬，受尽折磨，而这却是美好和合乎情理的事，因为这间病房与温暖舒适的书房之间并无任何区别。真是适宜的哲学：既无事可做，又良心纯洁，还觉得自己是圣贤……不，先生，这不是哲学，不是思维，不是视野开阔，而是懒惰，是江湖骗术，是昏睡……是的！”伊凡·德米特里奇又变得很生气，“您蔑视苦难去吧，说不定您被门夹了手指，那时您就会‘啊’的一下大声叫出来！”

“也可能我不叫。”安德烈·叶菲梅奇温和地莞尔一笑说。

“那当然啰！如果您突然间得了瘫痪症，或者假设有个傻瓜或无耻之徒利用自己的地位和头衔当众羞辱您，而您知道他会平安无事不受惩罚，这时您也许就明白了什么叫让别人去寻求理解和‘真正的幸福’了。”

“您的想法非常独特，”安德烈·叶菲梅奇满意地笑着，搓着双手说道，“您身上善于总结的天赋使我甘拜下风，而您刚才为我作的评语简直是太精彩了。老实说，和您谈话使我得到巨大的快慰。好吧，我倾听了您的意见，现在请您也听听我的吧……”

十一

这次谈话又延续了大约一个小时，看样子给安德烈·叶菲梅奇留下了深刻印象。他开始每天往厢房里走。每天早晨和午后他都到那里去，而且经常在与伊凡·德米特里奇的交谈中迎来昏暗的暮色。起初伊凡·德米特里奇不大愿意搭理他，怀疑他居心不良，公开表示对他的反感，后来对他习惯了，于是对他的态度也由激烈变成了宽容而含讥刺的神态了。

不久医院里传开一种流言，说安德烈·叶菲梅奇开始经常拜访六号病房。任何人——无论医士、尼基塔还是助理护士，都无法理解为什么他常往那儿去，为什么他在那儿一坐就是几个小时，谈些什么内容，为什么不开药方。他的行为看起来有点怪异。米哈伊尔·阿维里扬内奇在他家里经常见不到他，这样的事以前从来没有过，达里尤什卡也很为难，因为医生喝啤酒不再定时，有时到时间也迟迟不来吃午饭。

一次，这是六月底的事了，霍鲍托夫医生因事来找安德烈·叶菲梅奇。由于家里没见着他，就到院子里去找。那里有人告诉他，老医生去看精神病患者了。走进厢屋，在穿堂间停下脚步时霍鲍托夫听到了这样的对话：

"我们永远不会取得一致。您要我接受您的信仰是做不到的。"伊凡·德米特里奇激动地说，"您根本不了解现实，您从来没有受过苦，而只是像水蛭那样在他人痛苦的旁边觅食维生，我呢，从出生至今不停地在受苦。所以我坦率地告诉您：我认为自己比您高明，在各方面也更精通。轮不到您来教训我。"

"我完全没有要您接受我的信仰的意思，"安德烈·叶菲梅奇说的时候声音轻轻的，带着因为别人不愿理解他而遗憾的神情，"问题不在这里，我的朋友，问题不在于您受过苦，而我没有。痛苦和欢乐是暂时的，咱们别去管它们，随它们去。问题在于我和您都在思考，我们彼此看到对方都是有能力思考和推理的人，这一点就能使我们取得一致意见，不管我们的观点有多大的区别。要是您知道，我的朋友，无处不在的狂妄、平庸、迟钝令我多么厌恶，每次和您交谈我又是多么快乐，该有多好！您是个聪明的人，您使我不胜快乐。"

霍鲍托夫把门推开一俄寸[①]宽的缝，向病房里张了一眼。伊凡·德米特里奇戴着尖顶帽，安德烈·叶菲梅奇和他并排坐在病床上。疯子挤眉弄眼，哆哆嗦嗦地用睡袍紧裹着身子，医生低头坐着纹丝不动，他的脸色红红的，显出无奈、忧郁的神情。霍鲍托夫耸耸肩，冷笑一下，和尼基塔交换了一下眼色。尼基塔也耸耸肩。

第二天，霍鲍托夫和医士一起来到厢房，两人站在穿堂间偷听。

① 1俄寸合4.4厘米。

“我们这位老爷子好像完全吓破胆了!”霍鲍托夫从厢房里出来时说道。

“主啊，饶恕我们这些有罪的人吧!”衣着讲究的谢尔盖·谢尔盖伊奇说道，一面小心地绕过一片水洼，以免弄脏了擦得锃亮的靴子，“说实话，尊敬的叶甫盖尼·费奥多雷奇，我早就料到会出这种事!”

十二

打那以后，安德烈·叶菲梅奇发觉周围有了一种神秘气氛。男勤杂工、助理护士和病人遇见他时用一种疑问的眼光看着他，然后就窃窃私语。小姑娘玛莎是总务主任的女儿，他很喜欢在医院的花园里遇见她，现在当他笑吟吟地向她走去，想抚摸一下她的小脑袋时，不知为什么她从他身边逃了开去。邮政支局局长米哈伊尔·阿维里扬内奇在听他说话时已经不说“完全正确”了，而是露出难以捉摸的尴尬表情，喃喃说道:“是的，是的，是的……”而且若有所思、神情凄楚地望着他。他不知什么缘故，开始劝说自己的朋友戒绝伏特加和啤酒，不过作为一个委婉的人，这些话他没有直说，而是用暗示，有时讲述一个营长，是个挺不错的人，有时讲述一个团的神父，是个可爱的年轻人，他们俩都喝酒而且害了病，但是戒酒以后就完全康复了。同事霍鲍托夫也来看过安德烈·叶菲梅奇两三回，也劝他放弃酒精类饮料，而且没有任何明显的理由，建议他服用溴化钾。

八月份，安德烈·叶菲梅奇接到市长的来信，请他前去商讨一件非常重要的事。在指定时间来到市参议会时，安德烈·叶菲梅奇在那里遇到了地方军事长官，县立学校校长，参议员，霍鲍托夫，还有一位头发浅色的胖先生，他是作为医生被介绍的。这位医生有一个难念的波兰姓氏，住在离城三十俄里的养马场，现在是顺路进城。

“这里有一份和您的工作有关的申请，”在互致问候、全体在桌边就座后，参议员对安德烈·叶菲梅奇说，“现在叶甫盖尼·费奥多雷奇说药房放在主楼有点挤，应当把它迁进一间厢房去。这当然没有问题，可以搬迁，但是主要原因是厢房打算修理了。”

“不错，不修不行了，”安德烈·叶菲梅奇想了想说，“如果，比方说，把拐角处的那间厢房改作药房，我估计至少[1]得花五百卢布左右。这笔开支是非生产性的。”

大家沉默了一会儿。

“我在十年前就有幸打过报告，”安德烈·叶菲梅奇轻声说，“说这所医院按目前的样子对城里来说是一种奢侈，与它所用的资金不相称。它是四十年代建的，可当时没有用那么多资金。城市花在不必要的建筑和多余人员上的开支太多了。我想，用其他的办法这些钱够造两所极好的医院了。”

“那就让我们用其他办法吧！”参议员急忙说。

“我已经有幸打过报告，请把医疗部门划归地方自治局管理。”

“是啊，那就把钱也转给地方自治局，可它会把钱偷走。”浅色头发的医生笑了起来。

“有这种情况。”参议员附议说，也笑了起来。

安德烈·叶菲梅奇无精打采、表情呆板地看看浅色头发的医生说：

“得秉公办事。”

① “至少”一词原文为拉丁文。

大家又不吭声了。上了茶水。军事长官不知为什么显得很不好意思，隔着桌子碰了碰安德烈·叶菲梅奇的手臂说：

“您把我们完全忘记了，医生。不过您是个出家人，不打牌，也不喜欢女人。您和我们这号人一起会觉得乏味。”

大家开始谈一个体面人在这座城市里生活是多么枯燥乏味。既没有戏院，也没有音乐，而最近一次在俱乐部举行的跳舞晚会上有大约二十个女士，男舞伴却只有两个。青年人不跳舞，老是聚集在小吃部旁边，或者打纸牌。安德烈·叶菲梅奇眼睛不看任何人，开始缓慢地轻声叙述，说城里的居民把生命的精力、心思和智慧都浪费在纸牌和蜚短流长上了，不会也不想在有趣味的交谈和阅读中度过时光，不想领略智慧所给予的享受，这是多么可惜、多么令人深深遗憾的事情。只有智慧才是有趣味和精彩的，其余的一切都是渺小低下的。霍鲍托夫专心地听着自己的同事的谈话，蓦然间发问道：

“安德烈·叶菲梅奇，今天几日？”

得到回答以后，霍鲍托夫和浅色头发的医生以一种感觉到自己是个笨拙的考试官的语气开始问安德烈·叶菲梅奇今天星期几，一年有几天，六号病房里住着一个了不起的预言家，此事是否属实。

在回答最后一个问题时，安德烈·叶菲梅奇脸红了，说道：

“是的，这是个病人，不过是个有趣的年轻人。”

没有人再向他提任何问题。

当安德烈·叶菲梅奇在前厅穿大衣时，军事长官把一只手搭在他肩膀上，叹息说：

“咱们这些老人该休息了！”

走出参议会后，安德烈·叶菲梅奇明白了，这是一个旨在考察他的思维能力的委员会。他想起了他们向他提出的问题，脸红了，不知为什么现在他第一次沉痛地为医学感到惋惜。

“我的天哪，”他在回忆两个医生刚才对他的盘问时想道，“他们可是不久前才听过精神病学这门课，刚刚通过了考试——这种彻头彻尾的无礼行为是怎么来的？他们连精神病学的概念都没有呀！”

于是平生第一次，他觉得自己受了侮辱，所以非常气恼。

当天傍晚，米哈伊尔·阿维里扬内奇在他家里。邮政支局局长没有向他问好就走到他跟前，握住他的双手，用激动的声音说道：

“亲爱的，我的朋友，请您向我证明，您相信我对您真诚的敬仰，认为我是您的朋友……我的朋友！”他不让安德烈·叶菲梅奇说话，继续激动地说道，“我喜欢您的教养和高尚的心灵。您听我说，我亲爱的。科学的规则要求医生必须对您隐瞒真相，可是我要像个军人那样说真话：您有病！请原谅我，我亲爱的，但这是真的，这一点周围所有的人早就觉察到了。刚才叶甫盖尼·费奥多雷奇对我说，为了有益于您的健康，您必须休息和治疗。完全正确！好极了！这几天我请了假，出去透透空气。请向我证明，您是我的好朋友，咱们一起走！咱们走吧，还是跟当年那样生活。”

“我觉得自己完全健康，”安德烈·叶菲梅奇想了想说，“出门去我做不到。请允许我用其他什么方式向您证明我的友情吧。”

无缘无故地到某个地方去，没有书，没有达里尤什卡，没有啤酒，突然打破二十年来建立的生活秩序，这样的想法他一开始就觉得很荒唐，毫无道理，然而，他想起了在参议院的对话，他从参议院回家时所体验到的沉重心情，还有在短期内离开愚蠢的人们把他当作疯子的这座城市的想法，于是向米哈伊尔·阿维里扬内奇发出了微笑。

“您本人打算去哪儿呢？”安德烈·叶菲梅奇问道。

“去莫斯科，去彼得堡，去华沙……我在华沙度过了一生中最幸福的五年。这是个多么迷人的城市！咱们去吧，我亲爱的！”

十三

一个星期以后，安德烈·叶菲梅奇被建议休息，即提交辞呈。对此，他毫不在意，倒是又过了一个星期以后，他和米哈伊尔·阿维里扬内奇已经坐上邮局的四轮马车前往最近的一个火车站。那几天气候凉爽，天气晴朗，一抹蓝天，远景空明。到火车站的二百俄里地行驶了两天两夜，沿途两次留宿。当从驿站端来的喝茶的杯子洗得很不干净，或者套马费时太久时，米哈伊尔·阿维里扬内奇就脸涨得通红，浑身发抖，大声吼道：“别说了！别强词夺理了！”坐在马车里他一分钟也不消停，一直在讲述自己在高加索和波兰王国的旅行，有多少历险，多少邂逅！他大声说话，装出惊讶不已的眼神，凭这眼神就可以觉得他在说谎。此外，他还向安德烈·叶菲梅奇脸上喷气，对着他的耳朵大笑。这使医生很难受，也影响他思考和集中思想。

出于节约的考虑，火车上乘坐的是三等车厢，一个无烟车厢。乘客中有一半是上层人士。米哈伊尔·阿维里扬内奇很快就和大家混熟了，在一张张椅子间来回走动，大声说不该走这条令人生气的路，这是彻头彻尾的诈骗行为！骑马可就不同啦：一天赶上一百俄里，然后你就会感到自己身体健康，神清气爽。我们那儿歉收是因为平斯克沼泽干涸了。各方面都太混乱。他很激动，大声说话，也不给别人说话的机会。这种掺杂着响亮笑声和生动手势的无休止的闲聊，使安德烈·叶菲梅奇感到疲乏。

“我们两个人究竟谁是疯子？”他沮丧地想，“是努力对乘客不加任何干扰的我呢，还是这个自以为最聪明、最有趣，因而不给任何人安宁的自私者?”

在莫斯科，米哈伊尔·阿维里扬内奇穿上没有肩章的军礼服和镶红色牙线的裤子。在街上，他戴着军官制帽，穿上披风，士兵见了他都行军礼。现在安德烈·叶菲梅奇觉得这是一个曾经有过贵族气质的人，但是贵族气质中所有好的作风都被他糟蹋光了，剩下的只是坏习气。他喜欢别人伺候他，甚至在根本不必要的情况下。火柴就放在他面前的桌子上，他明明看得见，但是他却大声叫来仆人给他拿火柴；当着女仆的面，他穿着内衣不觉得难为情；对仆人不加区分地称“你[①]”，甚至连对老人都一样；生起气来就叫他们笨蛋、傻瓜。这正如安德烈·叶菲梅奇所感觉的，这是一种老爷派头，却是令人厌恶的。

米哈伊尔·阿维里扬内奇首先带自己的朋友去了伊维尔教堂。他热情地做了祈祷，深深地叩首，眼含热泪，祷告结束后深深地叹息了一声，说道：

“虽然你不相信，但是在你祷告的时候，心里似乎会感到更安宁。去吻吻吧，亲爱的。”

安德烈·叶菲梅奇显得有点尴尬，吻了吻圣像，而米哈伊尔·阿维里扬内奇噘起嘴，摇着脑袋，又悄声祷告了一会儿，他的眼眶里又滚出了泪水。然后两人去了克里姆林宫，在那里参观了炮王和钟王[②]，甚至用手指摸了摸，眺望了莫斯科河对岸的市区景色，到了救世主教堂和鲁缅采夫博物馆。

在捷斯托夫菜馆用了午餐。米哈伊尔·阿维里扬内奇一面捋着

① 在沙俄时代，有教养的贵族对仆人都是称“您”的。

② 炮王，造于1586年，重四十吨，原为保卫克里姆林宫而制，未发过一弹；钟王，造于1733年至1735年，重二百余吨，铸就后尚未冷却即遇火灾，被灭火时的冷水所浇，因而爆裂一大块钟体。现两者都存于克里姆林宫展出。

络腮胡，一面久久地看着菜单，以一个在菜馆如同在家一样感觉自如的美食家的口吻说道：

“我们今天看您用什么招待我们，天使！”

十四

医生走也走了，看也看了，吃也吃了，喝也喝了，然而他心里只有一种感觉：对米哈伊尔·阿维里扬内奇感到恼火。他想撇开朋友休息一会儿，离开他，躲起来，而朋友却认为自己有责任不放他离开一步，并向他提供尽可能多的消遣。等到没有什么可以参观时他就用聊天来帮他消遣。安德烈·叶菲梅奇熬了两天，但是到第三天就对自己的朋友宣称自己病了，想整天待在家里。朋友说，既然这样他也留下来，事实上也该歇息一会儿了，否则腿也吃不消。安德烈·叶菲梅奇面孔朝里躺在沙发上，咬紧牙听自己朋友唠叨，那一位正兴奋地说服他相信法国早晚一定会把德国打得落花流水，说莫斯科骗子非常多，说光凭马的外表不可能判断它的优点。[①]医生的耳朵里开始嗡嗡作响，心跳开始加快，但是出于礼貌，不好意思请朋友走开或闭嘴。幸好米哈伊尔·阿维里扬内奇在客房待腻了，午饭以后出去溜达了。

只剩下一个人待着的时候，安德烈·叶菲梅奇可以尽情享受休息的滋味了。一动不动地躺在沙发上，意识到自己独自待在房间里，这有多惬意！真正的幸福不可能没有孤身独处。被撵出天国的天使之所以背叛上帝，大概是想孤身独处，而这一点天使们是不知

① 作者在这里表现的是医生的朋友海阔天空的随意聊天，所谓“法国打败德国”“莫斯科骗子多”等都是互不相干的事情。

道的。安德烈·叶菲梅奇想思考近几天自己看到和听到的事，但是米哈伊尔·阿维里扬内奇没有离开过他的脑海。

“可他却是出于友情，出于与人为善才请了假和我一起出来的，”医生沮丧地想，“没有比这个友好的庇护更坏的了。看起来好像既善良，又大度，又开心，可是无聊，无聊得叫人受不了。同样，常有一些人，他们总是只说聪明好听的话，但是你却觉得他们是些冥顽不灵的人。”

此后的日子里安德烈·叶菲梅奇自称有病，没出过客房。他面对沙发靠背躺着，当朋友用聊天来替他解闷时，他忍受着煎熬，当朋友不在时就休息。他为自己的出行而恼火，也为自己的朋友变得越来越唠叨、越来越肆无忌惮而恼火。要将自己的思绪调整到认真的、高层次的状态，他怎么也做不到。

“这是伊凡·德米特里奇所说的现实对我产生了影响，”他忖道，同时为自己的斤斤计较而生气，“不过，荒唐……反正回到家就一切照旧了。”

在彼得堡也同样：他整天不出客房，躺在沙发上，只在要喝啤酒时才起来。

米哈伊尔·阿维里扬内奇老催着去华沙。

“亲爱的，我去那儿干吗？”安德烈·叶菲梅奇用央求的声音说，“您一个人去吧，我呢，请允许我回家吧！求您了！”

“无论如何不行！”米哈伊尔·阿维里扬内奇反对说，“那是座迷人的城市。在那里，我度过了我一生中最幸福的五年。”

安德烈·叶菲梅奇缺乏坚持自己意见的个性，所以迫不得已去了华沙。在那里，他没有走出过客房，躺在沙发上，既生自己的气，又生朋友的气，还生仆人的气，因为后者顽固地不愿意听俄语，而米哈伊尔·阿维里扬内奇则和平时一样，身体健康，神清气爽，心情愉快，从早到晚满城游荡，寻找自己的老相识。有几次，他没有回来过夜。有一夜不知他在哪儿过的，那一夜过后他一清早回来时处于极度激动的状态，面孔涨得通红，头发也没有梳理。他在房间里长久地来回踱步，口中喃喃自语，然后停下脚步说道：

“名誉第一！”

他又踱了一会儿步，双手抓住脑袋，用悲哀的语气说：

“是的，名誉最重要！这该死的一瞬间，使我脑瓜里第一次想到要去这巴比伦[1]！亲爱的，”他对着医生说，“您蔑视我吧。我赌输了！给我五百卢布吧！”

安德烈·叶菲梅奇数出五百卢布，默默地交给了自己的朋友。那一位还在因羞愧和愤怒而脸涨得通红，前言不搭后语地发了一通无用的誓，戴上制帽就出门去了。过了大约两个小时他回来了，往安乐椅里猛然坐下，大声叹了口气，说：

“名誉捡回来啦！咱们走，我的朋友！这该死的城市我一分钟也不想待了。骗子！奥地利奸细！”

两个朋友回到自己的城市已是十一月，街上积了厚厚的雪。安德烈·叶菲梅奇的职位已经被霍鲍托夫霸占；他还住在原来的住所，等待安德烈·叶菲梅奇回来腾空医院的公寓。被他称为厨娘的那个其貌不扬的女人已经住进厢房中的一间。

城里正在传播有关医院的新流言。据说那个其貌不扬的女人和总务主任吵过嘴，后者似乎跪着爬到她跟前请求她宽恕。

安德烈·叶菲梅奇回来的第一天就不得不为自己去寻找住所。

“我的朋友，”邮政支局局长胆怯地对他说，“请原谅我提个无

①按照《圣经·启示录》的说法，巴比伦是一座堕落的罪恶之城，将遭受上帝的惩罚，最后被毁灭。这里米哈伊尔·阿维里扬内奇因在赌场输光了钱而以巴比伦比喻华沙是个罪恶之城。

礼的问题：您有多少钱?”

安德烈·叶菲梅奇默默地数了数自己的钱，说道：

“八十六卢布。”

“我问的不是这个，”米哈伊尔·阿维里扬内奇未明白朋友的话，尴尬地说，“我问的是您总共有多少财产?”

“我已经告诉您了：八十六卢布……其他一无所有了。”

米哈伊尔·阿维里扬内奇认为医生是个诚实、高尚的人，但仍然怀疑他至少有大约两万卢布的家产。现在得知安德烈·叶菲梅奇是个穷人，无以维生后，他突然哭了起来，拥抱了自己的朋友。

十五

安德烈·叶菲梅奇住在女市民别洛娃的一所有三个窗户的小屋里。这间小房子不算厨房只有三个房间。其中两个有临街窗户，医生住了；第三个房间和厨房则住着达里尤什卡、女市民和三个孩子。有时女房东的相好来过夜，这是个醉汉，每到夜里大吵大闹，闹得孩子和达里尤什卡饱受惊吓。他一来，往厨房里一坐，开始要伏特加酒，大家都变得很局促。出于怜悯，医生把哭泣着的孩子带到自己房间里，安顿在地板上。这给他带来巨大的快慰。

他照旧在八点钟起床，喝过茶以后就坐下来阅读旧的书刊。买新书他已经没有钱了。不知因为是旧书，还是可能因为时过境迁，阅读已不能将他深深吸引，而使他觉得疲倦。为了不在无聊中虚度光阴，他为自己的藏书编了详细目录，往书脊上贴上小标签，他觉得这种机械呆板、耐心细致的工作比阅读更有趣。单调细心的工作以某种难以理解的方式使他陶然忘我，他什么也不想，时间却飞快地流逝了。甚至坐在厨房里和达里尤什卡一起洗马铃薯或从荞麦米中挑拣杂质，他也觉得有趣。逢星期六和星期天他便去教堂。他站在墙边合上眼睛的时候，听着圣歌，想着他父亲、母亲、大学、宗教，心里既安宁又忧郁，然后在离开教堂的时候，惋惜自己的职业生涯这么快就结束了。

他两次到医院去看伊凡·德米特里奇，为的是和他聊聊天。但是两次伊凡·德米特里奇都异常激动和恼怒，他要求让他安宁，因为对于空洞的闲聊他早已厌倦，说为了所受的一切苦难他只求该死的卑鄙小人们给他一个补偿——单独拘禁。难道连这一点都拒绝他吗？当安德烈·叶菲梅奇两次向他道别并祝他晚安时，他吼着说：

“见鬼去吧！”

所以安德烈·叶菲梅奇现在拿不定主意，要不要第三次去看他，而内心里却想去。

往常安德烈·叶菲梅奇午后要在各个房间里来回走动，想想心事，如今从午餐后到晚茶，他就脸向靠背躺在沙发上，沉浸在怎么也无法排遣的无谓思绪中。他感到委屈，他工作了二十多年，可是竟然既无养老金，又不发一次性津贴。确实，他工作得并不尽心，可是所有公职人员不论他们工作是否尽心都领养老金。现代的公正就在于官阶、勋章和养老金，不是对道德品质和能力的奖励，而是对所有公职的奖励，无论这公职尽得怎么样。为什么他一个人要成为例外呢？他已经身无分文。他不好意思从小铺子门口走过，也不好意思面对女房东。为了喝啤酒，他已经欠了三十二卢布。女市民别洛娃那里他也欠了钱。达里尤什卡悄悄卖掉旧衣服和旧书，向女房东谎称医生会得到一大笔钱。

他生自己的气，因为在旅行中花光了积蓄的一千卢布。这一千卢布怎么说现在也能派上点儿用场！他恼恨人们不让他安宁。霍鲍托夫把不时看望有病的同事看作自己的责任。安德烈·叶菲梅奇觉得他身上样样东西令人讨厌：无论吃得饱饱的脸色，还是令人难受的宽容语气，或者“同事”这个称谓，还有那双高筒靴子；最叫人反感的是他认为自己有责任给安德烈·叶菲梅奇治病，而且以为他确实在看病。每次来访他都带来小瓶溴化钾和一些大黄丸。

米哈伊尔·阿维里扬内奇也认为自己有责任看望朋友，帮他散心。每次进屋来看安德烈·叶菲梅奇，他都装出无拘无束的样子，不自然地哈哈大笑，开始告诉他，说今天他气色特别好，说上帝保佑，他正往康复方向发展，由此可以得出结论，实际上是他认为自己朋友的病情已经没有希望了。他没有偿还自己在华沙欠的钱，所以被一种沉重的羞耻感搅得很苦恼，因此也就努力笑得响一些，说些更可笑的话。他的笑话和故事似乎没完没了，无论对安德烈·叶菲梅奇还是他自己，都是很难受的事。

他在场的时候安德烈·叶菲梅奇通常面向墙壁躺在沙发上，咬紧牙关听他说话；怨愤之情在他心头一层层地累积起来，每次朋友看过他后，他就觉得这种怨愤越积越高，仿佛涌向喉咙口了。

为了压制这些无意义的感情，他赶紧去想，无论他自己，还是霍鲍托夫和米哈伊尔·阿维里扬内奇，早晚都得死掉，在自然界不留下点滴痕迹。如果设想一百万年以后有一个精灵在太空从地球旁边飞过，那它看到的只是泥土和光秃秃的岩石。一切——无论文化还是道德规范——都没有了，连野草都不长。在小铺子老板面前感到的羞耻，什么都不是的霍鲍托夫，米哈伊尔·阿维里扬内奇沉重的友谊，都有什么意义呢？所有这一切都是荒诞无稽、微不足道的。

然而这些想法已经无济于事。只要他一设想一百万年后的地球，岩石后面就露出了穿着高筒靴的霍鲍托夫，或者紧张得哈哈大笑的米哈伊尔·阿维里扬内奇，甚至还听到羞愧的细语：“至于华沙欠的那笔钱，亲爱的，这几天就还……一定还。”

十六

一天午后，米哈伊尔·阿维里扬内奇来到时，安德烈·叶菲梅奇正躺在沙发上。凑巧这时霍鲍托夫带着溴化钾也来了。安德烈·叶菲梅奇吃力地抬起身子，坐着，双手支在沙发上。

“亲爱的，今天啊，”米哈伊尔·阿维里扬内奇开始说，“您的脸色比昨天好多了。您可棒呢！真的，可棒呢！”

“快啦，快好啦，同事，”霍鲍托夫一面打着哈欠一面说，“大概您自己对这档子麻烦事也腻烦了。”

“咱们一定会好！”米哈伊尔·阿维里扬内奇乐呵呵地说，“咱们还能活上一百年！一定的！”

“一百年倒不一定，但是活二十年绰绰有余，”霍鲍托夫安慰说，“不打紧，不打紧，同事，别泄气……他的话会把您搞糊涂的。”

“咱们还得大显身手呢！”米哈伊尔·阿维里扬内奇大笑起来，拍了一下朋友的膝头，“还得大显身手呢！明年夏天有机会去高加索，咱们骑马走它个遍——咯！咯！咯！等到从高加索回来，您瞧着吧，恐怕得到婚礼上遛遛。”米哈伊尔·阿维里扬内奇狡黠地眨眨眼，“我们要给您办喜事，亲爱的朋友……给您娶个媳妇儿……”

安德烈·叶菲梅奇突然感到积蓄的怨愤已经涌到喉咙口，他的心激烈地跳动起来。

“庸俗！”他说着迅速站起来向窗口走去，“难道您不明白自己说的话庸俗吗？”

他本想继续用柔和、礼貌的语气说下去，但是和他的愿望相反，他突然握紧拳头，将它们高高举过头。

“别烦我了！”他涨红了脸，浑身颤抖，叫喊的声音也变了，“滚！你们两个人都滚，你们两个！”

米哈伊尔·阿维里扬内奇和霍鲍托夫站起来，起初用不解的目光，继而惊恐地盯着他。

“两个人都滚出去！”安德烈·叶菲梅奇继续吼道，“麻木不仁的家伙！傻瓜蛋！我既不需要友谊，也不需要你的药，麻木不仁的家伙！庸俗！讨厌！”

霍鲍托夫和米哈伊尔·阿维里扬内奇手足无措地面面相觑，退到房门口，出去到了穿堂间。安德烈·叶菲梅奇抓起溴化钾的药瓶朝他们扔了过去，药瓶啪的一声在门槛上砸得粉碎。

“见鬼去！”他用带哭腔的声音吼道，并向穿堂间跑去，“见鬼去！”

客人离去以后，安德烈·叶菲梅奇像打摆子一样瑟瑟抖着，躺到了沙发上，口中还久久重复着刚才的话：

“麻木不仁的家伙！傻瓜！”

待心里平静下来，他脑子里首先想到的是可怜的米哈伊尔·阿维里扬内奇现在一定感到非常羞耻，心情沉重，这一切都是那么可怕。以前从未发生过类似情况。智慧和分寸到哪儿去啦？深明事理和超然物外的品格都到哪儿去啦？

因为羞惭和对自己的恼怒，医生一宿未眠，上午十点左右他出发去邮政支局，向局长道了歉。

“咱们不去想过去的事，”深受感动的米哈伊尔·阿维里扬内奇叹息着说，同时紧握着他的手，“谁再提过去的事，就让谁瞎眼。留巴甫金！”突然间他大叫一声，使得邮局的人和顾客都为之一怔，“搬把椅子来。你等一等！”他对一个从营业窗口递进一封挂号信的女人大声说，“你没看见我正忙着呢？咱们不去想过去的事，”他转向安德烈·叶菲梅奇，和气地继续说，“请您坐下，我恳求您，我的朋友。”

他默默地抚了一会儿自己的双膝，然后说道：

“我压根儿没有因您而抱屈的想法。疾病是无情的，我理解。昨天您的发作曾使我和医生很吃惊，所以关于您，我们后来谈了很久。亲爱的，您为什么不认真关心一下自己的病？难道可以这样吗？请原谅朋友的坦率。”米哈伊尔·阿维里扬内奇开始悄声说话，“您居住在一个极端不利的环境里：拥挤、肮脏、没有人照料您、无钱治疗……我亲爱的朋友，我和医生衷心地恳求您，听从我们的建议吧——住到医院去！那里有健康的饮食，又有照料，又有治疗。叶甫盖尼·费奥多雷奇这个人虽说有失体统[①]——那是我们之间说说——但是懂行，完全可以信赖。他向我保证会关心您。”

安德烈·叶菲梅奇被真诚的同情和突然闪现在邮政支局局长面颊上的泪花感动了。

“尊敬的朋友，别相信！”他把手搁在胸口，开始轻声说，“别相信他们！这是个骗局。我的病只不过是因为二十年来我在全城只找到了一个有头脑的人，而且这个人还是个疯子。什么病也没有，我只是落入了一个没有出口的魔圈。我无所谓，做好了一切准备。”

“住院吧，亲爱的。”

“我无所谓，即使跳进陷阱。”

“答应我，亲爱的，您各方面都得听从叶甫盖尼·费奥多雷奇的安排。”

“好吧，我答应。不过，可敬的朋友，再说一遍，我落进了一

① 原文为法文的俄语音译。

个魔圈。现在所有的努力，甚至我朋友们真诚的同情，都将导致一个结果，那就是将我毁灭。我正在毁灭，而且有勇气意识这一点。”

“亲爱的，您会康复的。”

“说这个干吗？”安德烈·叶菲梅奇非常气愤地说，“很少有人在生命行将结束的时候会体验不到我现在的感受。如果人们告诉您，说您患了肾脏不行或心脏扩大之类的毛病，您将进行治疗，或者说您是疯子或罪犯，一句话，就是说人们突然注意起您来，那您就会知道您落入了一个魔圈，您休想从中脱身。您竭力想走出来，却陷得更深。您投降吧，因为任何人的努力都救不了您。这就是我的感受。”

这时营业窗口已聚了好多人。为了不妨碍工作，安德烈·叶菲梅奇起身告辞。米哈伊尔·阿维里扬内奇再次获得他的保证，一直送他到临街的门口。

同一天傍晚前，霍鲍托夫穿着短大衣和高筒靴，突然来到安德烈·叶菲梅奇家里，听说话的语气，仿佛昨天什么事也没有发生过似的：

“我是有事找您来了，同事。我是来请您的：您愿意和我一起进行一次会诊吗，嗯？”

考虑到霍鲍托夫是想通过散步让他散散心，或者真的想让他挣点儿钱，安德烈·叶菲梅奇穿好衣服，就跟他走到了外面。他很高兴有机会补救昨天的过错并且与他和解，所以在内心里感激霍鲍托夫，后者只字未提昨天的事，看样子已经原谅他了。很难期望这个粗野的人会有如此温婉的态度。

“您的病人在哪儿？”安德烈·叶菲梅奇问。

“在医院里。我早就想让您看看了……这是个极其有趣的病例。”

两人进了医院院子，绕过主楼，向安置精神病人的厢房走去。而这一切不知为什么进行得静悄悄的。他们走进厢房时尼基塔按例一跃而起，挺直了身子。

“这儿有个病人肺部出现了并发症，”与安德烈·叶菲梅奇一起走进病房时霍鲍托夫悄声说，“您稍等，我马上来。我去拿副听诊器。”

他说着出去了。

十七

天色已经暗下来。伊凡·德米特里奇躺在自己的病床上，把脸埋进枕头里；瘫痪病人纹丝不动地坐着，轻声哭着，嚅动着嘴唇；胖农民和前邮件分拣员睡了。病房里静悄悄的。

安德烈·叶菲梅奇坐在伊凡·德米特里奇的病床上等着。然而，过了大约半个小时，代替霍鲍托夫走进病房的却是尼基塔，捧着一件病人穿的睡袍、不知是谁的内衣和一双便鞋。

“请穿上吧，大人，”他轻声说，“这就是您的床，请过这边来。”他指指一张显然是不久前刚搬来的病床补充说：“没关系，上帝保佑，您会好的。”

安德烈·叶菲梅奇什么都明白了。他一句话也没有说，走到了尼基塔向他指点的病床前，坐了下来。他看到尼基塔站着等他，便脱了个精光，这时他觉得很难为情，然后他穿上病人的内衣，长内裤显得太短，而衬衫又太长，睡袍上有股熏鱼的气味。

“您会好的，上帝保佑。”尼基塔又说了一遍。

他把安德烈·叶菲梅奇的衣服捧作一团拿起来，走出病房，随手关上了门。

“反正一样……”安德烈·叶菲梅奇忖道，一面羞怯地用睡袍裹住身子，觉得穿着这件新的外衣自己像个囚犯，“反正一样……反正一样，不管是常礼服，还是制服，还是这件睡袍……”

可是怀表怎么办？还有放在边袋里的笔记本？卷烟？尼基塔把衣服带到哪儿去啦？现在看来到死都不可能再穿西裤、坎肩和靴子了。刚开始的时候这一切似乎有点奇怪，甚至不可理解。安德烈·叶菲梅奇就是现在也还确信女市民别洛娃的小屋和六号病房没有丝毫区别，世上万物都荒诞无稽和空虚无谓。与此同时，他的双手在发抖，双脚变冷，一想到伊凡·德米特里奇不久就会起来，看见他也穿着睡袍，他不免心惊肉跳。他站起来，来回踱了一会儿步，又坐下了。

就这样，他已经坐了半个小时，一个小时，坐腻了，坐得发愁了。难道可以在这里住上一天，一星期，甚至几年，就如这些人那样？可他就是坐了，踱过步又坐下了。可以走过去看看窗外，又从一头到另一头来回踱一会儿步。那么以后怎么办？像个木偶一样一直坐着，想着？不，这恐怕做不到。

安德烈·叶菲梅奇躺下去，随即又起来，用袖子擦去额头的冷汗，觉得他的整个脸孔都是熏鱼的气味。他又来回踱了一会儿步。

“这里发生了某种误会……”他说道，同时困惑地摊开双手。

“应当去说明这里有误会……”

这时，伊凡·德米特里奇醒了。他坐起来，用拳头支着双颊。他吐了口唾沫，然后懒洋洋地望了望医生，看样子他一开始什么也没有弄明白，但是不久他那睡意蒙眬的脸上露出了凶相和嘲讽的表情。

“啊哈，连您也关到这儿来啦，亲爱的！”他眯起一只眼，用嘶哑的声音说，“很高兴。那是您饮了别人身上的血，现在别人要饮您身上的血了。好极了!”

“这是一场误会……”安德烈·叶菲梅奇说道，伊凡·德米特里奇的话使他吓了一跳。他耸耸肩又重复了一遍：“是一场误会……”

伊凡·德米特里奇又啐了口唾沫，躺下了。

“该死的生活!”他发牢骚说，“又痛苦又屈辱，这种生活到头来可不是对受苦受难的补偿，也不像歌剧里那样有个壮丽的结局，而是死亡；来几个汉子抓住死人的手脚往地窖里拖。嘭！好，没事了……不过在那个世界上我们就有了出头之日……我会变作鬼影从那个世界来到这里，吓唬这群败类。我要叫他们吓白头发。”

莫伊谢伊卡回来了，看见医生后向他伸出手去。

“请给个小钱!”他说。

十八

安德烈·叶菲梅奇走到窗前，眺望田野。天色已经变暗，在天尽头从右边升起一轮寒冷、殷红的圆月。离医院围墙不远、不超过一百俄丈[1]的地方，耸立着一座高高的白色房屋，四周围着石墙。那是监狱。

“它就是现实!”安德烈·叶菲梅奇想道，于是心里开始害怕起来。

他觉得可怕的既有月亮，也有监狱，还有围墙上的钉子，更有烧骨厂在远处升起的火焰。后面传来一声叹息。安德烈·叶菲梅奇回过头去，看见一个胸前挂着闪闪发光的星章和勋章的人，他微笑

① 1俄丈合2.134米。

着，狡黠地眨巴着一只眼睛。这景象看起来很可怕。

安德烈·叶菲梅奇说服自己相信月亮上和监狱里没有什么特别的东西，心理健康的人都佩戴勋章，到将来一切都会腐朽，化作泥土。但是，蓦然间绝望情绪充塞了他的心头，他用双手抓住窗栅栏，用尽全力去摇撼它。坚固的栅栏并没有摇落下来。

后来为了不感到那么可怕，他走到伊凡·德米特里奇床边，坐了下来。

“我精神崩溃了，亲爱的，”他喃喃自语道，同时浑身发抖，擦着冷汗，“精神崩溃了。”

“您发表高见吧。”伊凡·德米特里奇嘲弄地说。

“我的上帝，我的上帝……是的，是的……您似乎说过在俄罗斯没有哲学可言，可是大家都在高谈阔论，甚至小人物。不过小人物的议论可对谁也没有任何危害呀，”安德烈·叶菲梅奇用那样一种语调说道，仿佛想哭出来，想得到怜悯，“亲爱的，您干吗露出这样幸灾乐祸的笑容？如果这个小人物心有不满，怎么叫他不发议论？一个聪明、受过教育、有自尊心、酷爱自由、像上帝一样的人，除了到一个肮脏、愚蠢的小城里去行医，一辈子与拔火罐、水蛭和芥末膏打交道，竟没有别的出路！招摇撞骗、狭隘浅薄、庸俗低级！哦，天哪！”

“你在说蠢话。如果讨厌当医生，就当大臣去。”

“干什么，干什么都不行。我们太虚弱，亲爱的……我曾经什么都无所谓，热情、健康地进行思索，但是只要生活粗暴地一触碰到我，我立刻就失去了勇气……消沉了……我们太虚弱，我们太糟糕……您也一样，亲爱的。您聪明、高尚，吸母乳的时候就吸取了美好的激情，但是一旦进入生活，就疲惫不堪，生起病来……虚弱，虚弱！”

随着傍晚的来临，除了恐惧和受屈的感觉，还有某种令人讨厌的东西一直使安德烈·叶菲梅奇感到苦恼。最后他想到要喝啤酒和抽烟。

“我要从这儿出去，亲爱的，”他说，“我要对他们说把灯拿到这儿来……我不能这样……毫无办法……”

安德烈·叶菲梅奇走到门口，打开门，但是尼基塔马上跳了起来，挡住了去路。

“您去哪儿？不行！不行！”他说道，“该睡觉了！”

“可是我只出去一会儿，在院子里走走！”安德烈·叶菲梅奇急忙说。

“不行！不行！没吩咐过。您自己知道。”

尼基塔砰的一声关上门，用背将它抵住。

“但是如果我从这儿出去，谁会因此出什么事呢？”安德烈·叶菲梅奇耸耸肩问，“我不懂！尼基塔，我应当出去！”他用发抖的声音说，“我需要！”

“别搞得没规没矩，这样不好！”尼基塔用教训的口气说。

“鬼才知道这是怎么回事！”伊凡·德米特里奇突然喊起来，说着跳了起来，“他有什么权力不放我们出去？他们怎么敢把我们关在这里？法律明明白白写着，未经审判任何人不得被剥夺自由！这是暴虐！是恣意妄为！”

“当然是恣意妄为！”安德烈·叶菲梅奇说道，伊凡·德米特里奇的叫喊给他鼓了气，“我需要，我应当出去。他无权这样做！跟你说，放我出去！”

“听见了吗，笨畜生？”伊凡·德米特里奇吼道，同时用拳头捶着门，“开门，要不我把门砸了！残忍的家伙！”

“开门！”安德烈·叶菲梅奇浑身发抖，吼道，“我要求！”

“你说下去吧！”尼基塔在门外回答，“说吧！”

“至少你去把叶甫盖尼·费奥多雷奇叫来！告诉他，我请他来……一小会儿！”

“明天他自己会来的。”

“永远不会放咱们出去的，”这时伊凡·德米特里奇继续说，“他们要让我们在这儿被折磨死！哦，天哪，难道那个世界真的没有地狱，这些坏蛋会得到宽恕？公正何在？开门，坏东西，我憋死啦！”他用嘶哑的声音喊道，同时把身体撞到门上，“我把我的头撞碎算了！杀人凶手！”

尼基塔迅速打开门，粗暴地用双手和一个膝盖推开安德烈·叶菲梅奇，然后猛地一挥，一拳打在他脸上。安德烈·叶菲梅奇似乎觉得一股巨大的咸浪劈头盖脸地将他淹没了，并且把他向床边拖去。他嘴里确实有股咸味：大概是牙齿出血了。他仿佛想游出去，舞动着双手，抓住了不知谁的病床，这时他感到尼基塔在他背上打了两拳。

伊凡·德米特里奇大声叫起来，想必也挨了打。

接着一切复归平静。疏淡的月光透过窗栅投射进来，在地板上落下一个影子，宛如一张网。那样子很可怕。安德烈·叶菲梅奇躺下去，屏住了呼吸。他惊恐地等待挨第二次打。仿佛有人拿了镰刀，捅进他的身子，在他胸膛和肠子里搅动了好几回。因为疼痛，他咬住枕头，咬紧牙关，突然间，在他一团乱麻似的脑海里闪过了一个可怕而难以忍受的想法：这些现在在月光下仿佛一个个黑影似的人，以前不得不经年累月、日复一日地经受的正是这样的疼痛。在连续二十多年的时间里他竟然不了解，而且不想了解。这样的事怎么能发生呢？他不懂，也没有疼痛的概念，也就是说这不是他的过错，然而像尼基塔那样如此不可通融、如此粗暴的心地，却使他从头冷到了脚。他从床上跳起来，想竭尽全力大喝一声，尽快跑去打死尼基塔，然后是霍鲍托夫、总务主任和医士，接着是自己，但是胸腔里发不出一点声音，而且双脚也不听使唤。他喘着气，猛地揪住胸口的睡袍和衬衫，一把撕破了，就倒在床上失去了知觉。

十九

翌日早晨，他头痛、耳鸣，觉得浑身不舒服。他回想起昨天自己的软弱无力，并不为此感到耻辱。昨天，他显得怯懦，连月光也怕，真诚地说出了以往自己不曾怀疑的感觉和思想，譬如关于发表议论的小人物的不满情绪。不过现在看来反正都一样了。

他不吃也不喝，毫不动弹地躺着，不声不响。

"我反正都一样，"当别人向他提问时他想着，"我不会回答……我反正都一样。"

午后，米哈伊尔·阿维里扬内奇来了，给他带来四分之一磅茶叶和一磅水果软糖。达里尤什卡也来了，在他病床边站了整整一个小时，脸上的表情是木然而悲哀的。霍鲍托夫医生也来看了他。他带来了一小瓶溴化钾，吩咐尼基塔在病房点香熏一下。

傍晚时，安德烈·叶菲梅奇中风而死。起初他感到冷得发抖，想吐，有一种很难受的东西就如他感觉的那样透过全身，甚至渗进十根手指，从胃部弥漫到头部，淹没了双眼和耳朵。两眼一片漆黑。安德烈·叶菲梅奇心里清楚自己大限已到，于是想到伊凡·德米特里奇、米哈伊尔·阿维里扬内奇和千百万人都相信长生不死。突然间确实有这样的事？可是他并不希望长生不死，他只在一瞬间想过它。一群异常美丽而婀娜多姿的鹿从他身边跑过，昨天他读到过关于这些鹿的故事，然后是一个女人拿着挂号信向他伸过手来……米哈伊尔·阿维里扬内奇说了点什么。接着一切都消失了，于是安德烈·叶菲梅奇永远失去了知觉。

来了几个男勤杂工，抓住他的手和脚，抬到了小教堂。在那里，他睁着眼躺在桌子上，夜里月光洒在了他身上。早晨谢尔盖·谢尔盖伊奇来了，向着有耶稣像的十字架虔诚地做了祷告，合上了自己前任上司的双眼。

一天以后，安德烈·叶菲梅奇下了葬。参加葬礼的只有米哈伊尔·阿维里扬内奇和达里尤什卡。

1892年

套中人

误了时辰的猎人在米罗诺西茨克村紧靠村头的地方——村长普罗科菲家的干草棚里过夜。他们一共只有两个人：兽医伊凡·伊凡内奇和中学教师布尔金。伊凡·伊凡内奇有一个相当古怪的复姓——契姆沙-吉马拉伊斯基。这个姓氏与他根本不相称，全省的人都对他直呼名字和父名。他住在城边的育马场，今天来这儿打猎是为了透透新鲜空气。中学教师布尔金每年夏天到П伯爵家做客，在当地早已成了自己人。

两个人都没有睡。伊凡·伊凡内奇是个高高瘦瘦的老头，蓄着长长的唇须，坐在门外面，抽着烟斗，月光洒落到他身上。布尔金躺在棚内的干草上，在暗处，看不到他的身影。

他们海阔天空地说着各种各样的故事。闲谈间顺便说到了村长的老婆玛芙拉，她是个体格健壮而且并不愚蠢的女人，一辈子没有到过村子以外的任何地方，从来没有见过城市、铁路，近十年来一直坐在炉灶边守着，只在夜晚才到户外走走。

“这有什么好稀奇的！”布尔金说，“生性孤僻、像寄生蟹或者蜗牛那样拼命往自己壳里钻的人，这个世界上并不少见。也许这是一种返祖现象，是向那个时代的回归，当时人类的祖先还没有成为群居的动物，孤零零地居住在自己的洞穴里；也有可能这就是人类形形色色本性的一种类型——谁知道呢？我不是自然科学家，轮不到我去触及类似的问题。我只不过想说，像玛芙拉那样的人并非罕见的现象。

“再说，不用往远处去找，就在大约两个月前我们城里死了一个叫别里科夫的人，是个希腊语教师，我的同事。当然，您听说过他。他这个人之所以引人注目，就因为在任何时候，甚至在天气十分晴好的日子，他出门总是穿着套鞋，带着雨伞，而且一定穿着厚厚的棉袄。他的伞也装着套子，怀表也装着灰麂皮的套子，有时掏出小刀来削铅笔，连铅笔刀也装着套子，他的脸也仿佛装着套子，因为他一直把脸藏在竖起的衣领里。他眼戴墨镜，身穿绒布卫生衣，耳塞棉花球，坐上马车便吩咐张起车篷。总而言之，从这个人身上能看出一种一成不变、不可克制的愿望，要把自己用一个外壳包裹起来，为自己制造一个所谓的套子，使他孤立起来，免受外界的影响。现实生活使他生气，害怕，惶惶不可终日，也许是为了替自己的胆小怕事和对现实的厌恶寻找理由，他总是称赞过去的东西和从未发生过的事情；就连他所教的古代语言，实质上对他来说也成了他躲避现实生活的套鞋和雨伞。

“‘哦，希腊语是多么铿锵悦耳和优美动听！’他露出甜滋滋的表情说，而且仿佛是为了证实自己说的话，他眯起了双眼，竖起一根手指头，念出一个单词：‘安特罗波斯[①]’！

“就是自己的思想，别里科夫也竭力隐藏进套子里。在他看来，只有禁止什么事情的通告和报刊的文章才是明白无误的东西。如果通告里禁止学生在晚上九点以后外出，或者某一篇文章里禁止男女性爱，那对他来说就是明白无误和确凿无疑的事情；既然禁止

① 希腊语“人”一词的发音。

了，那就万事大吉了。凡是允准或许可的内容，他就觉得里面总隐含着可疑的成分，某种尚未道明和含糊不清的东西。当城里允许成立一个戏剧小组，或者开设一间阅览室，或者开设一个茶馆的时候，他就连连摇头，轻声说：

“‘这事儿呢，当然，说是这么说，也挺好的，可千万别闹出什么乱子来。’

“任何破坏、偏离和违背规则的行为都会使他垂头丧气，尽管看起来这关他什么事呢？如果同事中有谁祷告迟到了，或者听到传闻说中学生做了什么调皮捣蛋的事，或者看见班里的女训导员晚上很迟了还和军官待在一起，他就十分焦躁不安，不断地说千万别闹出什么乱子来。在教务会议上，他那种谨小慎微、疑神疑鬼的言论和纯粹套子式的想象，简直使我们受尽压迫，说什么男子中学和女子中学里年轻人的行为举止很不像话，教室里闹哄哄的乱得不成样子，‘唉，千万别传到上司的耳朵里去，千万别闹出什么乱子来。’说什么假如把二年级的彼得罗夫开除出校，再把四年级的叶戈罗夫也开除出校，那就再好不过了。有什么办法呢？他用自己的唉声叹气、无病呻吟和戴在苍白的小脸——你知道吗，像黄鼠狼一样的小脸——上的墨镜，压迫着我们，于是我们做出让步，降低了彼得罗夫和叶戈罗夫的操行成绩，将他们关了禁闭，最终把彼得罗夫和叶戈罗夫开除出校。他有一个奇怪的习惯——到我们宿舍来串门。他常常来到某个教师的宿舍，坐下来，不言不语，似乎东张西望地要看出什么东西似的。就这样不声不响地坐上一两个小时，然后离去。他把这称为‘维持和同事的良好关系’，显然，到我们这儿串门和默坐对他来说是个沉重的负担，他来我们这儿走动只不过是因为他认为这是在尽一个同事的义务。我们这些教师都怕他，连校长也怕他。真是咄咄怪事，我们的教师都是有思想，很有教养，受过屠格涅夫和谢德林作品熏陶的人，然而这个整天穿着套鞋、带着雨伞的人竟把整所学校控制了整整十五年！岂止是一所学校！是整座城市！我们的太太们每星期六的家庭话剧也不演了，担心被他知道；神职人员当着他的面不好意思吃荤菜和打纸牌。在别里科夫这类人的影响下，最近十至十五年里我们城里大家变得对什么都战战兢兢，害怕大声说话、投寄书信、彼此结交、阅读书籍，害怕帮助穷人、教人识字……”

伊凡·伊凡内奇想说什么，咳嗽了一声，但是先抽起了烟斗，望了望月亮，然后慢条斯理地说：

“是啊。有思想，有教养，读着谢德林和屠格涅夫，还有巴克尔[①]和其他人的各种著作，可就是要服从他，容忍他……问题就在这里。”

“别里科夫和我住在同一座房子里，”布尔金继续说，“同一个楼层，门对着门，我们经常照面，我知道他的居家生活。家里还是老一套：身穿长罩衫，头戴尖顶帽，关上百叶窗，插上插销，一系列形形色色的禁忌和限制，还有‘唉，千万别闹出什么乱子来’！吃素食对身体有害，吃荤菜又不可以，因为别人可能说别里科夫不守斋，所以他吃牛油煎鲈鱼[②]——不是素食，但也不能说是荤食。他不雇用女仆，因为害怕别人把他往坏处想，所以雇了一个叫阿方纳西的厨子，一个六十岁上下的老头，这个人脑子不清，半疯半癫，曾经当过勤务兵，会马马虎虎凑合着做点儿饭菜。这个阿方纳西通常把双手交叉在胸前站在门口，总是长吁短叹地说着同一句话：‘今儿个这些东西已经大量繁殖起来啰！’

---

① 巴克尔（1821—1862），英国历史学家、实证论社会学家，主要著作有《英国文明史》。

② 按基督教的斋戒规定，蔬菜和鱼类是素食。另外按当时的观念，认为素食没有营养，所以上文说“吃素食对身体有害”。

“别里科夫的卧室小小的，就如一只箱子，床上张着帐子。躺着睡觉的时候他蒙着头。天气很热，而且气闷，风儿敲打着紧闭的房门，炉子里发出呼呼的风声，听得见从厨房里传来的声声叹息，令人惊恐不安的声声叹息……

“他蒙在被子下面感到心惊肉跳。他担心会出什么事，担心阿方纳西会杀了他，担心屋子里会钻进小偷来，然后就整夜噩梦连连。早晨，我们一起到学校上班时他显得闷闷不乐，面色苍白，看来他此刻前往的那所稠人广众的学校和他整个人是格格不入的，和我并肩而行对他这个生性孤僻的人来说也是沉重的负担。

“‘我们的课堂里实在太吵了，’他说道，仿佛在为自己沉重的感觉寻找托词似的，‘太不像话了。’

“而这个希腊语教师，这个装在套子里的人，您猜怎么着，居然差点儿结了婚。”

伊凡·伊凡内奇迅速转头向棚子里看了一眼说：

“开玩笑！”

“真的，不管这事有多荒唐，他差点儿结了婚。我们这儿派来一名史地教师，一个叫科瓦连柯·米哈伊尔·萨维奇的人，是个‘一撮毛[①]’。他不是一个人来的，还带来个姐姐叫瓦连卡。他年纪轻轻，个子高高，脸色黝黑，长着一双大手，凭他的面孔就可以看出他说话用的是男低音，事实上他的说话声也像从木桶里发出似的——嘭嘭嘭……而他姐姐已经不年轻了，大约有三十岁，但同样个子高挑，身材苗条，双眉浓黑，两颊绯红——总而言之不是个妙龄少女，而是块水果软糖，而且生性那么活泼，那么喜欢热闹，不停

① 旧时俄罗斯人对乌克兰人的蔑称。

地唱小俄罗斯[1]抒情歌曲，哈哈大笑。稍有什么，就发出响亮的笑声——哈！哈！哈！我记得我们第一次和科瓦连柯姐弟正式认识是在校长家的命名日酒宴上。教师们神色严峻，索然无味地绷着脸，他们连参加命名日酒宴也只是例行公事。突然，我们看到他们中间一个新的阿弗洛狄忒[2]从浪花里冒了出来：她双手叉着腰走来走去，哈哈笑着，唱着，跳着舞步……她动情地唱《风在呼啸》，接着唱了一首抒情歌曲，又唱了一首，把我们大家——是大家，连别里科夫也不例外，都迷住了。他靠近她坐下，露出甜蜜的笑容说：'小俄罗斯语使人感到像古希腊语，因为它铿锵悦耳，音调柔和。'

"这句话讨得了她的欢心，于是她开始动情而诚恳地告诉他，说她在加佳奇县有一个庄园，庄园里住着妈妈，那里有那么好吃的梨子，那么好吃的甜瓜，那么好吃的卡巴克[3]！'一撮毛'管南瓜叫'卡巴克'，称小酒馆为'申诺克'，说他们那里用红红的和蓝蓝的原料[4]做的汤是那么好吃，那么好吃，简直好吃得一塌糊涂！

"我们大伙听着听着忽然冒出了一个相同的念头。

"'要是撮合他们两个结成一对儿，那该多么好啊！'校长太太轻声对我说。

"我们大家不知怎么的忽然想到我们的别里科夫还没有结婚。现在我们才感到奇怪，迄今为止我们不知怎么的竟没有发现，居然忽略了别里科夫生活中如此重要的一个细节。一般地说，他是怎么看待女人的，他又是怎么解决这个对自己来说不可避免的问题的，以前我们对此根本没有注意，我们甚至连这样的想法都不曾有过：

① 小俄罗斯，旧时俄罗斯人对乌克兰的称呼。

② 阿弗洛狄忒，希腊神话中的爱神，罗马神话中称维纳斯。

③ 卡巴克，俄语里指小酒馆，而乌克兰语里的意思则不同，本篇下文有述。

④ 这里红的指的是西红柿，蓝的指的是茄子。

一个在任何天气都穿着套鞋走路，蒙着脑袋睡觉的人会去谈情说爱。

“‘他早就年过四十了，她也三十了……’校长太太解释自己的想法，‘我觉得她不如嫁给他算了。’

“在我们省里由于百无聊赖什么事不会发生，又有多少毫无必要、荒唐透顶的事发生！这是因为需要发生的事根本就没有。不是吗？既然想象不出他这个人会有家有室，我们干吗要让别里科夫娶老婆呢？校长太太、学监太太和我们学校所有的太太都活跃起来，甚至变好看了，仿佛猛然见到了生活的目的似的。校长太太在剧院里订了包厢，我们一看——她的包厢里坐着瓦连卡，手里拿着如此精美的扇子，满面春风，喜气洋洋，和她并排坐的是别里科夫，身材矮小，缩头缩脑，仿佛是被人用钳子夹住了从家里拖出来似的。我办了个小型晚会，女士们要求我必须请到别里科夫和瓦连卡。总而言之，机器发动起来了。原来瓦连卡并不反对嫁人。她在弟弟那儿过得不太愉快，只知整天争争吵吵。这就是您看到的情景：科瓦连柯，一个身高体健的汉子，身穿绣花衬衫，一绺头发从鸭舌帽下面溜出来垂到脑门上，一手拿着一包书，另一手握一根多枝节的粗手杖，在街上走着。姐姐跟在他后面走，手里也拿着书。

“‘我说你啊，米哈伊里克，这本书没读过！’她大声争论着说，‘我对你说，我发誓，你根本就没有读过！’

“‘可我告诉你，我读过！’科瓦连柯大声喊道，一面用手杖在人行道上点得橐橐响。

“‘哎呀，我的天，米恩奇克[①]！你发什么火呀，咱们谈的可是原则问题。’

① 米哈伊里克和米恩奇克，都是米哈伊尔的爱称。

“‘可我告诉你，我读过！’科瓦连柯喊得更响了。

“在家里的时候，只要有外人在场，两人就会争吵不休。这样的生活显然使她厌烦，不由得想有一个自己的栖身之所，而且年龄也到了不容忽视的地步。现在已经没有时间来挑三拣四，纵然嫁给希腊语教师，能嫁出去就不错了。再说我们这儿大多数的小姐都是但求嫁出去，不论嫁给谁。不管怎么说，瓦连卡开始明显地向别里科夫套近乎了。

“那么别里科夫怎么样呢？他同样到科瓦连柯家串门，就像来我们家那样。他来到他家里，坐下来，一言不发。他默不作声，瓦连卡却对他唱《风在呼啸》，或者若有所思地用自己那双深色的眼睛望着他，要不就突然爆发一阵大笑：

“‘哈——哈——哈！’

“情爱之事，尤其是谈婚论嫁之事，劝导起着重要作用。我们大家——我的同事和他们的太太——开始劝说别里科夫，说他应该结婚，说他生活中除了结婚，已经万事俱备。我们大家向他祝福，一本正经地和他谈俗里俗气的话题，诸如结婚是严肃的一步之类；而且说瓦连卡相貌不错，有趣味，她还是个五等文官的女儿，有庄园，主要的还在于这是第一个和蔼可亲、真心实意待他的女人——他开始晕头转向，认定自己确实应当娶亲了。”

“这大概要摘掉他的套鞋和雨伞了。”伊凡·伊凡内奇说。

“您想想看，这看来是不可能的事。他在自己的桌子上放上瓦连卡的肖像，老是往我屋里走，老是说起瓦连卡，谈论家庭生活，说婚姻是严肃的一步。他还经常去科瓦连柯家。然而他的生活方式却未见丝毫改变。甚至恰恰相反，有关婚姻的决定似乎在他身上产生了病态的影响，他消瘦了，脸色变苍白了，仿佛更深地缩进了自己的套子里。

“‘瓦尔瓦拉[①]·萨维什娜这个人我喜欢，’他强装着笑容对我说，‘我知道每个人都必须结婚，可是这一切，您知道吗，似乎来得太突然了……应当考虑考虑。’

“‘这有什么好考虑的？’我对他说，‘您把老婆娶过来，不就得了。’

“‘不，结婚是严肃的一步，首先应当权衡面临的义务、责任……别在以后闹出什么乱子来。这件事搅得我太心神不定了，我现在夜夜都睡不着觉。我承认我心里害怕：她和她弟弟的思维方式有点古怪，他们的言论，您要知道，有点不合常规，性格又太过活泼。你如果娶了她，说不定往后你就掉进了什么纠纷的旋涡里。’

“所以他没有求婚，而且一拖再拖，这可叫校长太太和我们所有的女士懊丧万分。他依然不断地权衡着未来的义务和责任，与此同时却又几乎天天跟瓦连卡一起散步，也许是认为这是处在他的境地需要做的事儿吧。他也常来我这儿串门，以便聊聊有关家庭生活的话题。要不是突然发生那场巨大的冲突，从种种迹象来看，他最终是会求婚的，我们这儿由于穷极无聊和无所事事而操办的那些毫无必要、愚不可及的婚姻中的一件说不定就大功告成了。需要说明的是，瓦连卡的弟弟科瓦连柯从认识别里科夫的第一天起就憎恨他，容忍不了他。

“‘我弄不懂，’他耸耸肩膀对我说，‘我弄不懂你们怎么受得了这么一个打小报告的人，这么一张极其讨厌的嘴脸。唉，先生们，你们怎么能在这样的地方生活得下去！你们这儿的气氛令人透不过气来，充满了毒素。你们难道称得上是传道授业的师表？你们是一群官僚，你们这儿不是学府，而是警察局，像警察的岗亭那样

① 瓦尔瓦拉，瓦连卡的本名。

发出腐臭的酸味。反正我，老兄，再和你们待上不多一会儿就回到自己的庄园去，我在那儿捉捉虾，教教“一撮毛”的小孩。我是要走的，你们就留在这儿和这个犹大一起过，让他自己完蛋吧。’

“要不他就哈哈大笑，笑得流出了眼泪，有时笑声洪亮，有时笑得尖声尖气，他摊开双手问我：‘他干吗到我这儿坐着？他要干什么？坐着干瞪眼。’

“他甚至把别里科夫称作‘吸血鬼，或者蜘蛛’[①]。当然，我们避免和他谈及他姐姐瓦连卡打算嫁给‘蜘蛛’的事。有一次校长太太向他暗示，如果让他姐姐瓦连卡嫁给像别里科夫那样一个体面而受大家尊敬的人，该是件好事，这时他蹙紧眉头，发起了牢骚：

“‘这不关我的事。就算嫁给一条毒蛇，也让她去。我不喜欢多管闲事。’

“现在您听听以后发生的事。一个调皮鬼画了一幅漫画：别里科夫穿着套鞋、卷起裤腿、撑着伞在走路，瓦连卡和他手挽着手，下方写着‘坠入情网的安特罗波斯’。您能够想见，画面表现得十分传神。画图者画了大概不止一夜，因为男中、女中和宗教学校的全体教师以及官员都收到了一份。别里科夫也收到了。漫画留下的印象使他心情沉重不堪。

“有一天正好是五月一日，星期天，我们大家，无论教师和学生都相约在学校附近集合，然后步行到城外的小树林。我是和他一起出的门，只见他面色铁青，阴沉着脸，就跟乌云一样。

“‘那些人多么不地道，心地多么险恶！’他说的时候双唇在颤抖。

① 原文为乌克兰文，系乌克兰剧作家、演员、导演克罗皮夫尼茨基（1840—1910）的一个剧本名。

“我甚至怜悯起他来。我们走着，突然间，您可以想象一下，科瓦连柯骑着自行车来了，跟在他后面的是瓦连卡，也骑着自行车，一身红衣服，蹬得很吃力，但是开开心心，心情愉快。

“‘我们，’她大声喊着，‘骑到前头去了！天气真好，实在太好，好得一塌糊涂！’

“然后两个人就消失了。我的别里科夫面色由铁青转成了煞白，仿佛僵住了。他停下脚步盯着我看……

“‘您说说，这究竟是怎么回事？’他问道，‘要不，也许是眼睛欺骗了我？难道中学教师和女人骑自行车不是有失体统的事？’

“‘这有什么不成体统的？’我说道，‘让他们尽兴地骑去吧。’

“‘这怎么行？’他大声说，对我若无其事的态度感到惊讶，‘看您说的是什么?!’

“他实在太吃惊了，所以不想继续往前走，便转身回家了。

“第二天，他一直神经质地搓着手，浑身发抖，从脸色看得出他身体很不舒服。课上了一半他就走了，这是他平生破天荒第一次这样做，也没有吃饭。傍晚的时候他把衣服穿得更厚实些——虽然户外已完全是夏季的天气——摇摇晃晃地向科瓦连柯家走去。瓦连卡不在家，他只见到她弟弟。

“‘谨请您坐下。’科瓦连柯皱紧眉头冷冷地说。他刚刚睡过午觉，睡眼惺忪，心情很不好。

“别里科夫默默坐了大约十分钟，开始说话：

“‘我到您这儿来是为了减轻心里的负担。我心情非常非常沉重。有一个喜欢中伤他人的家伙把我和另一位咱们俩都很亲近的人物画成了可笑的样子。我认为自己有责任告诉您，此事跟我倒毫无干系……我没有落下任何使人如此讽嘲的话柄，相反，我一直以来的举止行为完全符合一个体面人的规范。’

“科瓦连柯绷着脸坐着，一声不吭。别里科夫等了一会儿，继续轻轻地用悲哀的声音说：

“‘我还有句话要对您说。我已从教多年，而您却才开始工作，所以作为年事稍长的同事，我认为有责任告诫您。您骑自行车，这项玩乐的游戏对一个年轻人的导师来说是完全有失体统的。’

“‘为什么呢？’科瓦连柯用洪亮的男低音问。

“‘这难道还用解释吗？米哈伊尔·萨维奇，难道这有什么不明白的地方吗？要是教师骑自行车，那学生会做出什么事来呢？他们只好倒立着走路了！既然这号事通告里没有说可以，那就是说不可以。昨天我吓坏了！当我看到您姐姐的时候，我的眼前一片模糊。女人或者姑娘家骑自行车，可是件骇人听闻的事！’

“‘实话实说，您要怎么办？’

“‘我想做的就一件事，对您提个醒，米哈伊尔·萨维奇。您是个年轻人，有的是前程，处事应当非常非常小心，可是却那么不当一回事，唉，那么掉以轻心！您穿着绣花衬衫在外面走，经常拿些什么书在街头招摇过市，现在还加了个骑自行车。您和您姐姐骑自行车这件事儿，会让校长知道，接着就会传到督学那儿去……会有什么好结果吗？’

“‘至于我和姐姐骑自行车的事，谁也管不着！’科瓦连柯涨红了脸说，‘要是有人干涉我家庭内部事务，我叫他滚蛋！’”

别里科夫脸色变得煞白，站了起来。

“‘既然您用那样的口气和我说话，那我无法说下去了，’他说道，‘请求您别当我的面这样说及上司。您对上司应当怀着敬意。’

“‘莫非我说了什么对上司不敬的话了？’科瓦连柯恶狠狠地盯着他问，‘请别打扰我的安宁。我是个诚实的人，不愿意和您这

样的人说话。我不喜欢打小报告的人。’

“别里科夫神经质地慌乱起来，开始迅速穿上外套，脸上露出诚惶诚恐的神色。这可是他平生头一次听到如此粗鲁的话语啊。

“‘您可以想怎么说就怎么说，’他走到楼梯口的平台时说，‘我只是想事先告诉您，说不定有人听见了我们的谈话。为了不使我们谈话的内容传走了样，以至于闹出什么事儿来，我应当向校长先生报告我们谈话的内容……叙述它的要点。我必须这样做。’

“‘报告？你报告去吧！’

“科瓦连柯从后面抓住他的衣领推了一把，于是别里科夫从楼梯上滚了下去，他那双套鞋在楼梯上撞出了隆隆声响。楼梯又高又陡，但是他往下滚得相当顺溜，一滚到底，他站起来摸了摸鼻梁：眼镜是否完好无损？然而恰好这时，当他从楼梯上往下滚的时候，瓦连卡进来了，和她一起的还有两位女士。她们站在下面看着，这对别里科夫来说是再可怕不过的事。宁可摔断脖子，两条腿，也比成为笑柄强：须知现在全城都会知道这件事，还会传到校长、督学耳朵里——唉，千万别闹出什么乱子来！——又会画出新的漫画来，事情的结局只能是上司责令他辞职……

“他站起来的时候瓦连卡认出了他，望着他那副可笑的面容，揉皱的大衣，以及套鞋，不明白是怎么回事，猜想是他自己无意间摔的跤，忍不住发出了满屋子都听得见的笑声：

“‘哈——哈——哈！’

“这几声响亮清脆的‘哈——哈——哈’给一切画上了句号：无论张罗中的婚事，还是别里科夫在人间的存在。他已经听不见瓦连卡说的话，什么也没有看见。回到自己家以后，他首先从桌子上撤掉了瓦连卡的肖像，然后就躺下，再也没有起来。

“过了大约三天，阿方纳西来找我，问是否要派人去请医生，因为老爷有点不对劲。我去看了别里科夫。他躺在帐子里，蒙着毯子，一声不吭；问他话，只答‘是’或‘不是’，再没有别的声音。他躺着，阿方纳西在身边踱来踱去，面色阴沉，皱着眉头，还深深地叹气。他身上冒出伏特加的气味，仿佛从酒馆里出来似的。

“一个月以后，别里科夫死了。我们大家，也就是两所中学，一所宗教学校的教师都参加了他的葬礼。现在，当他躺在棺材里的时候，他的表情是温和、惬意，甚至高兴的，他似乎在为自己被放进了永远也不用再出来的套子而感到高兴。是的，他实现了自己的理想！仿佛是为了向他表示庆贺似的，下葬的时候天色阴沉沉的，下着雨，我们大家都穿着套鞋，打着伞。瓦连卡也参加了葬礼，棺材下到墓穴里去的时候，她哭出了声。我发现乌克兰女人要么哭要么笑，不大有介乎两者之间的情绪。

“说实话，埋葬像别里科夫那样的人是一件大快人心的事。我们从墓地回来的时候，每个人都摆出一副庄严肃穆、愁眉不展的神态，谁也不愿意显露这种大快人心的情绪—— 一种类似很久很久以前，还在童年时期有过的经历。那时大人们都出门去了，我们就在花园里一两个小时地尽情奔跑，享受着充分的自由。唉，自由啊，自由！对获得这种自由的可能性哪怕有点滴暗示或微弱的希望，也会使心灵长上翅膀，对不对？

“从墓地回来，我们都怀着好心情。但是过了不到一个星期，生活又一如往常，依然是那么艰苦难熬、令人厌倦、浑浑噩噩的生活，它既不在通告里受到禁止，也未得允准，情况丝毫没有好转。事实上，别里科夫是被埋葬了，可是还有多少个装在套子里的人留了下来，还会有多少个这样的人产生出来！”

“问题就在这里。”伊凡·伊凡内奇说着抽起了烟斗。

“还会有多少个这样的人产生出来！”布尔金又说了一遍。

中学教师走出了板棚。他这个人个子不高，胖胖的，头顶全秃了，蓄着一蓬几乎长及腰际的黑色大胡子，两条狗跟着他走了出来。

“月色啊，好月色。”他抬头望着说。

已是夜半时分。右边看得见整座村子，长长的一条街伸展得远远的，大约有五俄里。一切都沉入了安谧而深沉的梦乡；既无动静，也无声响，简直不能相信自然界竟会如此寂静。当你在月夜看到宽阔的乡街和两旁的农舍、草垛、沉睡的柳树时，心里也会变得宁静。在摆脱了白昼的操劳、忧虑和痛苦而藏进黑夜的阴影里以后，在自己所处的这种安宁之中，乡街显得温和、忧郁而美丽，似乎星星也在亲切而动情地望着它，似乎世上再也没有了恶，万物都一帆风顺了。从村庄的左边开始是一片田野，看得到它伸向遥远的地方，直至天边，而在沐浴着月光的整片广袤的田野上，同样既无动静，也无声响。

“问题就在这里，”伊凡·伊凡内奇重复说，“我们居住在窒闷、拥挤的城市里，撰写毫无用处的文字，玩纸牌游戏，难道这不是一种套子吗？在游手好闲者中间，在为蝇头小利而乐此不疲的兴讼者中间，在愚蠢而百无聊赖的女人中间，我们蹉跎一生，嘴里说着耳里听着荒诞无稽的废话，难道这不也是一种套子吗？现在您要是愿意听，我就给您讲一个非常有教益的故事。”

“不啦，该睡觉啦，”布尔金说，“明天吧。”

两个人走进干草棚，在干草上躺下。两个人都已盖上毯子，进入睡眼蒙眬的状态，突然传来轻轻的脚步声——橐、橐……有人在离干草棚不远的地方走路；走了不多一会儿，脚步声停住了，过了大约一分钟脚步声又响了起来：橐、橐……几条狗厌烦地叫了起来。

“是玛芙拉在走。”布尔金说。

脚步声停止了。

“明明看到，听到别人在撒谎，”伊凡·伊凡内奇一面将身子翻到另一侧，一面说，“你竟然容忍这样的谎言，因此别人都叫你傻瓜；对委屈、侮辱逆来顺受，不敢公然宣称自己站在诚实、自由的人一边，反过来自己还口出谎言，笑脸相迎，而这一切都是为了得到一块面包，有一个温暖的窝儿，保住一文不值的一官半职——不行，再也不能这样生活下去了！”

“您说的已经是另一码事啦，伊凡·伊凡内奇，”中学教师说，“咱们睡觉吧。”

过了大约十分钟，布尔金已经酣然入梦。而伊凡·伊凡内奇却还在辗转反侧，长吁短叹。后来他起了身，又走到外面，在门口坐下，抽起了烟斗。

1898年

醋栗

从清晨开始整个天空就布满了雨云。如同往常那些灰蒙蒙的晦暗日子一样，四周静悄悄的，天气不热，你却觉得百无聊赖，当时乌云早已挂在天空，你等着下雨，可雨就是不下。兽医伊凡·伊凡内奇和中学教师布尔金已经走得筋疲力尽，田野在他们看来似乎永无尽头。前方远处勉强看得见米罗诺西茨克村磨坊的风车，一排小山岗从右边伸展开去，然后消失在村庄后面很远的地方。他们俩都清楚，这是一条河岸，那里有牧场、碧绿的柳树、庄园。假如站在其中的一座山上，从那里望得见广袤的田野、电报局和火车，站在远处，火车看上去像一条爬行的毛毛虫；要是在晴朗的日子，往往连城市也能看到。现在，正当平和的天气，整个大自然显得温顺安详而若有所思，伊凡·伊凡内奇和布尔金内心充满了对这片田地的热爱之情，两个人都觉得这个地方是如此广袤和美好。

“上一次我们在村长普罗科菲家住板棚的时候，”布尔金说，“您打算讲一个故事。”[①]

“是啊，当时我想讲自己弟弟的故事。”

---

① 本书所收的三篇小说《套中人》《话说爱情》与《醋栗》的人物或地点彼此有重叠，互有关联，细心的读者也许能发现这一点。这里的“您打算讲一个故事”与《套中人》的结尾处联系上了。

伊凡·伊凡内奇长长地舒了口气，抽起了烟斗，以便开始自己的故事，但是正好这时下起了雨。五分钟以后已经变成倾盆大雨，难以估计这场雨何时会结束。伊凡·伊凡内奇和布尔金沉思着停住了脚步。两条猎狗已经淋得透湿，夹紧尾巴站着，动情地看着他们。

“咱们得到什么地方躲一躲，”布尔金说，“去阿列辛家吧，那儿路近。”

“咱们走。”

他们拐向一边，径直沿着收割过的地里走，时而笔直，时而右拐，直到走上大路。不久就出现了一片白杨林，果园，然后是谷仓的红色屋顶；一条小河闪着粼粼波光，展现出深水段辽阔河面的景象，那里有一座磨坊和一个白色浴场。这是索菲伊诺村，阿列辛就住在那里。

风磨正在工作，盖住了雨声。水坝被震得瑟瑟抖动。这里，淋湿的马匹低头站在大车旁，人们头上披着袋子，走来走去。周遭湿漉漉、脏兮兮，没有舒适的感觉，深水段河面的景象也显得冷冰冰、恶狠狠。伊凡·伊凡内奇和布尔金感觉到湿漉漉、脏兮兮，浑身不舒服，两只脚因为沾满了烂泥而变得很沉重，所以在经过水坝，向着主人家谷仓方向往上走的时候，便都没有吭声，仿佛彼此在生对方的气。

一个谷仓里簸谷机正在嗡嗡作响；门开着，灰尘从里面飞扬出来。阿列辛本人站在门口。他是一个四十上下的男子，长得高高胖胖，蓄着长长的头发，与其说他的样子像个地主，不如说像个教授或者画家。他身上穿着一件好久没有洗的白衬衫，腰间束着一根绳子作为腰带，没有穿外裤，只穿了一条长衬裤，靴子上也沾着烂泥和麦秸。鼻子和眼睛因为灰尘而变成了黑色。他认出了伊凡·伊凡内奇和布尔金，看样子非常高兴。

“两位先生，屋里请，”他笑吟吟地说，“我马上，这会儿就来。”

房子很大，是两层楼房。阿列辛住在楼下，两个带拱顶的房间，窗户很小，以前那里是下人住的房间。这里的环境很简朴，散发出黑麦面包和廉价伏特加以及挽具的气味。楼上的两个正房他不大去，只在有客人来的时候才上去。在屋里，伊凡·伊凡内奇和布尔金遇见一个女仆，她是个年轻女子，非常漂亮，使他们俩一下子停住了脚步，彼此相对而视。

“两位先生，你们想象不出我见到你们有多高兴。”阿列辛随着他们走进过道时说。“真没想到！彼拉盖娅，”他对女仆说，“弄件什么衣服让客人换换。顺便我也换换衣服。不过首先得去洗个澡，再说，我觉得好像开春以来就没洗过澡。两位先生，你们想去浴场吗，这里也好做点准备。”

美丽的彼拉盖娅是那么温雅，看上去是那么随和，她带来了床单和肥皂，阿列辛和客人去了浴场。

“是啊，我好久没有洗澡了，”他边脱衣服边说，“你们看见了，我有一个挺好的浴场，还是我父亲造的，但是想洗澡总抽不出时间。”

他坐在梯级上，给自己的长发和脖子擦上肥皂，于是身边的河水变成了咖啡色。

“不错，我也这么认为……”伊凡·伊凡内奇认真地看着他的脑袋说。

“我好久没有洗澡了。”阿列辛尴尬地重复说，又擦了一遍肥皂，于是身边的河水变成了像墨水一样的深蓝色。

伊凡·伊凡内奇走出水面，扑通一声跳进水里，冒雨游起泳来，大幅度地挥动双臂，他身边激起了浪花，荡漾在浪花上的水沫有如白色的百合花在摇晃。他游到深水段的正中央，一个猛子扎进水里，一分钟以后在另一个地方露出了头，又继续向前游去，继续扎着猛子，试图达到水底。“啊，老天……”他惬意地连连说道，“啊，老天……”他游到磨坊边，在那里和几个农民说了一会儿话，便折了回来，在深水段的中央仰面躺着，让面孔淋着雨。布尔金和阿列辛已经穿上衣服准备离开，他却还在边游边扎猛子。

“啊，老天……”他说道，“啊，上帝保佑。”

“会保佑您的！”布尔金对他大声说。

他们三人都回到了屋里。楼上的大客厅里已经点上了灯，布尔金和伊凡·伊凡内奇穿上了丝绸的便袍、暖和的便鞋，坐在了安乐椅里，而阿列辛本人则洗过澡以后便梳理了头发，穿着一件新的常礼服，在客厅里来回踱步，显然正在享受温暖、清洁的感觉和穿上干燥衣服以及轻便鞋子的舒适。美丽的彼拉盖娅静悄悄地在地毯上走来，脸上挂着温和的笑容，用托盘端上茶和果酱。直到这个时候，伊凡·伊凡内奇才开始讲他的故事，而听故事的人似乎不只是布尔金和阿列辛，还有那些年老和年轻的女士与军人，他们正安详而严肃地从金边的画框里看着他。

“我们一共两兄弟，”他开始说，“我，伊凡·伊凡内奇，还有尼古拉·伊凡内奇，比我小两岁。我呢，走了求学之路，成了一名兽医；而尼古拉呢，从十九岁起就在官府里坐办公室了。我的父亲契姆沙-吉马拉伊斯基是世袭兵出身，但是由于军功获得了军官头衔，给我们留下了世袭贵族的身份和一处小田庄。他故世以后我们的田庄因为官司而抵了债，但是不管怎么说，我们的童年在乡下倒过得自由自在。我们跟农民家的孩子一样，在田间、森林度过许多个日日夜夜，看管马匹，剥树皮，捉鱼，还做其他类似的事情……

你们知道，如果有人一生中哪怕有一次捉到过梅花鲈，在秋季见到过迁徙的鸫鸟，看它们在晴朗凉爽的日子里一群群地在村子上空飞翔，他就不再想做城里人，他对自由自在生活的向往将至死不渝。我弟弟在官府坐办公室，产生了浓浓的乡愁。好几年过去了，他还在老位置，依然写着千篇一律的文书，老是想着一件事，但求能到乡下去生活。这种乡愁渐渐地变成了一个一成不变的愿望，他希望在一处河边或湖边买一座田庄。

“他为人善良，谦和，我喜欢他，但是他这个一生都把自己关在庄园里的想法，我从来就不能苟同。说一个人只需要一抔黄土就够了，这话说起来挺轻松。然而需要一抔黄土的仅仅是死尸，而不是活人。现在同样有人说，如果我们的知识分子眷恋土地，向往庄园里的生活，倒是件好事。但是这些庄园还不是同样的一抔黄土吗?！远离城市，远离斗争，远离生活的喧嚣，逃进自己的庄园里一躲了之，这不是生活，是自私，懒人哲学，某种形式的僧侣主义。既然是僧侣主义，也就无所谓建功立业。人需要的不是一抔黄土，不是庄园，而是整个地球，整个大自然，那里他才有广阔天地，才能发挥他自由灵魂的全部功能和特点。

“我的弟弟尼古拉在自己办公室里幻想他将吃上自己的汤，它的可口香味弥漫了整个院子，他在碧绿的草地上用餐，在太阳下睡觉，一连几个小时坐在大门外的长凳上，眺望田野和森林。农业用书和历书上形形色色的建议成了他的赏心乐事，他喜爱的精神食粮。他也喜欢看报，但是只看上面的启事，说有多少俄亩耕地和牧场，连同庄园、河流、果园、磨坊以及活水池塘出售。他在头脑里勾画果园里的小路、鲜花、水果、椋鸟舍、池塘里的鲫鱼，以及你们知道的诸如此类的东西。这些想象中的图画各式各样的都有，根据他见到的启事而定，但是不知怎么的，每一幅里必定有醋栗。在他的设想中，任何一处庄园，任何一个诗意盎然的角落，都不能缺了醋栗。

“‘乡村的生活自有它的舒适之处，’他常常说，‘你坐在阳台上，喝着茶，你的鸭子在池塘里戏水，你闻到的气味是那么沁人肺腑，还有……还有醋栗长势正好。’

“他画了自己庄园的平面图，每一次他画出的平面图都是一个样：a.主人的住宅，b.下房，c.菜园，d.醋栗。他日子过得很节俭：没有爽爽快快吃过一顿，也没有舒舒服服喝过一回，身上穿的天晓得是什么衣服，跟乞丐似的。他不停地攒钱存银行，贪婪得要命。我看着他觉得心疼，逢时过节常给他寄些东西，可他连这些也藏了起来。一个人一旦认了死理，就没救了。

“时间一年年过去，他被调到了另外一个省。他已经年满四十，却仍然在看报纸上的启事，攒钱。后来听说他娶了老婆，目的仍然是要买有醋栗的田庄。他娶的是一个寡妇，年纪老，又难看，而且无感情可言。娶她就是因为她有几个钱。和她一起，他过得依然非常吝啬，让她过着半饥不饱的生活，而她的钱他却存在了银行里，挂在自己的名下。以前她嫁的是一个邮政支局的局长，吃惯了馅饼和果子露酒，可是在第二任丈夫身边连黑面包也没有吃够过。她因为这样的生活而生了病，过了大约三年就把灵魂交给了上帝。当然，我弟弟无时无刻不认为自己对她的死是有过错的。金钱就同伏特加一样，会把人变成怪物。我们城里有个商人死了，临死前吩咐给自己端来一盘子蜂蜜，便把自己所有的钱和彩票都和着蜂蜜吃了下去，为的是不让任何人得到。有一次我在火车站检查畜群，这时一个牲口贩子掉到了机车下面，被轧断了一条腿。我们把他抬进急诊室，血一直在流淌，真可怕，可他却不停地请求寻找他的那条腿，老是放心不下，因为断腿的靴子里有二十卢布，千万别丢了。”

“您说的是哪儿跟哪儿啊。”布尔金说。

“妻子死了后，”伊凡·伊凡内奇想了半分钟，继续说道，“我弟弟开始为自己物色田庄。当然，尽管你物色它五年，你的选择仍然不对，买到的田庄还是和当初向往的全然不同。我弟弟尼古拉通过经纪人，借了债，买进了一个占地一百十二俄亩的田庄，有主人的宅子、下房，有花园，但是既没有果园，也没有醋栗，更没有鸭子戏水的池塘；河倒是有一条，可是里面的水颜色像咖啡，因为河的一边是砖厂，另一边是烧骨厂。不过我的尼古拉·伊凡内奇没怎么伤心。他订购了二十丛醋栗灌木，把它们种下了，开始过地主的生活。

“去年我曾经去看望他。我想我得去看看，那里情况怎么样，有些什么名堂。我弟弟在信里给自己的田庄起了这样一个名字：楚姆巴洛克洛夫野地，也叫吉马拉伊村。我抵达这个也叫吉马拉伊村的地方，已经时过中午，天气很热。到处是沟沟壑壑、围墙、篱笆，种了一行行云杉，你无法知道如何走进院子，在哪儿拴马。我向屋子走去，一条棕色的狗迎面向我走来，它胖得像头猪。它想叫，但是懒得叫。厨娘从厨房里出来，她赤着脚，也胖得像猪，说老爷吃完午饭正在休息。我走进弟弟的房间，他坐在床上，膝头盖着毯子，人变老了，胖了，皮肉松弛了，面颊、鼻子和嘴唇向前突着——看样子，他仿佛就要钻进毯子里去发出猪一样的哼哼声。

托马斯·廷代尔《古老的庄园》

“我们彼此拥抱并且哭了起来，一则因为高兴，一则因为伤心地想到我们曾经青春年少，可现在都已头发花白，行将就木。他穿好衣服，带我去看他的田庄。

“‘说说你过得怎么样？’我问。

“‘还行，托上帝的福，我过得不错。’

“这已经不是往昔那个胆小可怜的小官吏，而是一个名副其实的地主，一个老爷。他已经过惯了这里的生活，不仅习惯了，而且过得有滋有味。吃得很多，在浴室里洗澡，发福了，已经和周围的人以及两家工厂打过官司，因为农民不叫他‘大人’，他感到非常委屈。他像个老爷的样子，煞有介事地关心自己的灵魂，行善不是简简单单地一做了事，而要摆出一副居高临下的架势。可那算什么行善？他给农民治病，不管什么病，一律用苏打和蓖麻油。在自己的命名日，他在村子里举行感恩祷告，然后放上半维德罗[①]伏特加，认为需要这样做。唉，这可怕的半维德罗！今天胖地主因为牲口损毁庄稼而拖农民去见行政长官，可是到了明天，遇上节庆的日子，却给他们摆上半维德罗伏特加。他们一面喝酒一面喊‘乌拉’，喝得醉醺醺了，就给他叩头。一旦生活变好，饱餐终日，无所事事，俄罗斯人自命不凡、肆无忌惮的德行就在自己身上发展起来。尼古拉·伊凡内奇以前坐办公室时实在不敢有自己个人的意见，可是现在却满口真理，说话的腔调简直像个部长：‘教育是必需的，但是对老百姓来说还为时过早。’‘体罚总的来说是有害的，但是在某种情况下是有益而且不可替代的。’

“‘我了解百姓，而且善于和他们打交道，’他说道，‘百姓拥戴我，只要我动一下手指头，他们就会为我做我想要做的任何事情。’

“你们请注意，他在说所有这些话的时候，都露出善者和智者的笑容。有些话他重复了大约二十遍——‘我们贵族’，‘我作为贵

① 维德罗，俄语中皮桶的意思，也是一种计量单位，1维德罗合12.3升。

族’。显然，他已经忘记我们的祖父是农民，父亲是士兵。我们的姓氏契姆沙-吉马拉伊斯基，其实是那么佶屈聱牙，可是现在他甚至觉得那么悦耳动听，那么雍容华贵，心里非常得意。

“但是问题不出在他身上，而在我自己身上。我想告诉你们，在他庄园里度过的不多的几个小时里，我身上发生了什么变化。傍晚我们喝茶的时候，厨娘把满满一盘醋栗端上了桌。这不是买的，而是自己家的，是灌木丛种下后首次采摘的。尼古拉·伊凡内奇笑了起来，默默地对着醋栗看了一分钟，含着眼泪——他激动得说不出话来，然后把一颗浆果放进嘴里，以一个孩子终于获得心爱玩具的胜利表情看着我，说道：

“‘真好吃！’

“他贪婪地吃着，不断地重复说：

“‘哎，真好吃！你尝尝！’

“醋栗又硬又酸，但是正如普希金所说：‘我们受到的虚假吹捧会使我们觉得它比万千真理还要珍贵。’我看到了一个幸福的人，他久蕴心头的理想已然明白无误地实现，他生活的目标已然达到，自己向往的东西已然获得，对于命运，对于自己，他已心满意足。不知为什么，我关于个人幸福的思想，总是伴随着一种忧伤的情绪，现在当我看到一个幸福的人的时候，一种近乎绝望的沉重心情充塞了我的心头。到了夜里，心情尤其沉重。我的床铺被安置在与弟弟并排的房间里，我听到他没有睡觉，起床走到装醋栗的盘子前，拿着一个个浆果。我想，其实满意和幸福的人何其多！这是一种多么令人感到压抑的力量！你们请看看这样的生活：强势的人厚颜无耻，游手好闲；弱势的人愚昧无知，牛马不如。周遭充斥着无以复加的贫困、拥挤、蜕化变质、酗酒、伪善、谎言……但是所有的房子里，街道上却寂然无声，一片安宁。在城市里生活的五万人中没有一人发出呐喊，大声表示愤怒。我们看到的是这样一些人，他们到集市上去买食物，白天吃，晚上睡，说的都是自己那些鸡零狗碎的废话，结婚，慢慢变老，安详地把自己家里死去的亲人拉到墓地；然而我们没有看见，也没有听见正在受苦受难的那些人，以及生活中的那些可怕事件，它们正在幕后的某个地方发生。什么都悄无声息，宁静安闲，只有无声的统计数字在提出抗议：多少人精神失常，多少维德罗的伏特加被喝掉，多少孩子饿死……显然需要这样的秩序；显然，幸福的人之所以自我感觉良好，仅仅是因为不幸的人默默地背负着自己的重荷，而且没有这种沉默，幸福是不可能的。这是普遍的催眠术。应当在每个心满意足和幸福快乐的人的门外站一个手持榔头的人，经常用敲击声提醒他，世上还有不幸的人，无论他有多幸福，生活早晚会向他伸出自己的利爪，他会大祸临头——他会生病，落魄，失去一切，而且谁也看不见他，听不见他，就如现在他看不见也听不见别人一样。然而那个手持榔头的人并不存在，幸福的人活得自由自在，对生活琐事的关心轻轻地拨动着他的心弦，犹如风儿吹拂着山杨，一切都顺顺当当。

“在那个夜晚，我开始明白，我也感到有多么满足，多么幸福。”伊凡·伊凡内奇接着说道，“我在吃饭和打猎的时候也教训别人如何生活，如何信仰，如何管理百姓。我也说学习就是光明，教育是必需的，但暂时，对普通民众来说能识字就够了。自由是一种财富，我说过，没有它不行，就如没有空气不行一样，但是需要等一等。是的，我这样说过，可是我现在要问：为什么要等？”伊凡·伊凡内奇气呼呼地望着布尔金问道：“为什么要等，我问您？出于什么样的考虑？有人对我说，什么都不能一蹴而就，任何一种思想在生活中都是逐步实现的，有它自己的时间。但这是什么人说的？有什么证据表明它是正确的？您引用事物的自然秩序、现象的合理性来证明，但是有没有这方面的秩序和合理性：我，一个活生生、有思想的人，站在一条壕沟前，等待着它自动合拢或者让淤泥把它填平，在这样的时候，我怎样才能，也许，跳过去，或在上面架桥？依然是为什么要等待？在没有力量活下去的时候等待？但是人们需要活下去，希望活下去！

“当时我在清晨离开弟弟走了，从此以后经常待在城里对我来说变得不堪忍受。寂静和安宁的生活使我感到一种压迫，我不敢望窗外，因为现在对我来说没有比看到围坐在桌边喝茶的幸福家庭更令人感到心情沉重的了。我已经老了，不再适合斗争，我甚至连仇恨都无能为力了。我只是在内心感到哀伤，我生气，懊丧，每到夜晚因为形形色色的思想涌上心头而脑袋发烫，所以我睡不着觉……唉，要是我年轻该有多好！”

伊凡·伊凡内奇激动地从一头到另一头来回走着，重复说：

“要是我年轻该有多好！”

他突然走到阿列辛跟前，时而握握他的一只手，时而握握他的另一只手。

“巴维尔·康斯坦丁内奇！”他用央求的语气说道，“您别默不作声，别让自己睡着！趁您还年轻，有力量，有朝气，要不停地做善事！幸福不存在，也不应当存在，假如生活中存在意义和目的，那么这个意义和目的完全不是我们的幸福，而是某种更为理智和伟大的东西。积德行善吧！”

伊凡·伊凡内奇在说所有这些话的时候脸上挂着可怜而央求的笑容，仿佛是他本人在为自己恳求。

后来他们三人都坐在了安乐椅里，坐在客厅的不同角落，都不吭声。伊凡·伊凡内奇的故事既没有使布尔金，也没有使阿列辛感到满足。当在昏暗中看上去似乎活生生的将军们和女士们从金边的画框里望着的时候，听取一个关于吃醋栗的可怜小官吏的故事，是乏味的。不知为什么，他们本能地希望谈论和听取关于优秀人物、关于女人的话题。他们现在坐在客厅里，那里的一切——无论是罩着套子的枝形吊灯，抑或安乐椅，还是脚下的地毯——都告诉他们正是现在从画框里望着的那些人当初曾经在这里走动、就座和喝茶，如今美丽的彼拉盖娅静悄悄地在地毯上走动，而这些比任何故事都要有意思得多。

阿列辛非常困了，他早晨三点就起床忙活，现在连眼皮也睁不开了，但是他担心他不在的时候两位客人又讲什么有趣的故事，所以没有走开。伊凡·伊凡内奇刚才讲的是否有道理，是否公允，他未曾仔细想过。但是两位客人谈的既不是谷子，更不是干草，也不是焦油，而是与他的生活没有直接关系的事情，所以他感到高兴，想请他们继续谈下去……

“但是该睡觉了，”布尔金站起来说，“请允许我祝您晚安。”

阿列辛告辞后回到楼下自己房间，客人则留在了楼上。他们两人被安顿在一个大房间里过夜，那里放着两张雕花的旧木床，角落里是耶稣受难的象牙十字架。他们的床铺宽大而凉爽，是美丽的彼拉盖娅铺的，散发出新洗过的被褥怡人的气息。

伊凡·伊凡内奇默默地脱衣躺下。

“上帝啊，宽恕我们这些有罪之人吧！”说过以后他把毯子蒙上了头。

他那放在桌上的烟斗散发出浓烈的烟油子味，布尔金久久没有入睡，怎么也弄不清这么浓的气味是从哪儿来的。

雨点打在窗上，下了整整一夜。

1898年

话说爱情

第二天端来的早餐是非常可口的馅饼、虾和羊肉饼。正当大家用餐的时候，厨师尼卡诺尔走上楼来问客人们中午想吃什么。这个人中等身材，长着一张虚胖的脸盘，一对小眼睛，刮过胡须，他的胡须仿佛不是剃掉的，而是拔掉的。

阿列辛说漂亮的彼拉盖娅爱上了这个厨师。由于他是个酒鬼而且性格暴躁，她不想嫁给他，但同意这样过下去。他却笃信上帝，他的宗教信念不允许他就这么过下去。他要求她嫁给他，不希望有别的方式，所以喝醉了酒的时候常骂她，甚至打她。他喝醉的时候她常常躲到楼上大哭，这时阿列辛和一班用人就闭门不出，以便在必要的时候保护她。

大家谈起了有关爱情的话题。

“爱情是怎么产生的？”阿列辛说，“为什么彼拉盖娅不去爱上更适合她内心和外在品质的另外一个人，偏偏去爱上尼卡诺尔这个丑男人——我们这儿大家都叫他丑男人，因为在爱情方面个人的幸福是个重要的问题——这一切都是说不清楚的，各人可以有各人的解释。迄今为止，关于爱情，人们只说过一句无可争辩的话，那就是‘这个奥秘大有文章’，其余有关爱情的一切种种，无论写的还是说的，都不是答案，而只是提出了始终不得其解的问题。那种似乎适用于一种情况的解释，对于别的几十种情况就不适用了。以我之见，最好的办法是对每种情况个别地进行解释，别想一言以蔽之。就如医生们说的，每一种个别的病症都要区别对待。”

“完全正确。”布尔金表示赞同。

“我们这些俄罗斯的正派人，对那些悬而未决的问题情有独钟。人们通常把爱情诗化了，用玫瑰和夜莺来修饰它，而我们俄罗斯人呢，却用这些要命的话题来修饰我们的爱情，而且从中挑选最乏味的问题。在莫斯科，当我还是个大学生的时候，我生活中有过一位女友，是一位可亲可爱的女士，每当我拥抱着她的时候，她总在想我一个月能给她多少钱，现在牛肉多少钱一磅。我们相爱的情形就是这样，不然就不停地问自己：这样做诚实还是不诚实，聪明还是愚蠢，这种爱情会带来什么结果，如此等等。这样好不好，我不知道，但是这对人有妨碍，令人心中不满，令人生气，我是知道的。”

他似乎想诉说点什么。孤身独处的人心里总藏着些事儿，这些事儿是他们很想对别人倾吐的。住在城里的单身汉经常故意光顾澡堂和饭馆，无非想有个地方说说话，有时他们向澡堂的工友或餐厅的服务员讲些非常有趣的故事。在乡下，他们一般向自己的客人吐露心曲。现在从窗户向外望，可以看见灰白的天空和被雨水淋湿的树木。在这样的天气无处可去，除了讲故事和听故事，什么事也做不了。

“我住在索菲伊诺，”阿列辛开始说，“大学一毕业，早就开始操持家务了。按照我所受的教育，我是个四体不勤、养尊处优的人；按照我的脾性，我是个坐书房的人。但是我来到这儿时，这份田庄已经负债累累。我父亲债台高筑的部分原因是许多钱都花在了我的学业上，所以我决计不离开这儿，在这儿工作，直到偿清债务。我做出了这样的决定，就开始在这儿工作，说实话并非毫无反感心理。这里的土地出产不多，为了使农务不亏本，就需要使用农奴或雇工，而这两者几乎是一码事，要不就像农民一样劳作，也就是亲自带了全家大小在田间耕作。折中的办法是没有的。不过我当时没有留意这些细节。我把每一寸土地都翻了个底朝天，把邻村所有的农夫农妇都赶来干活，耕作进行得热火朝天。我自己也耕地、播种、割草，与此同时我却感到苦恼，厌恶地紧锁眉头，就像乡下的一只猫，因为饥饿而去吃菜园里的黄瓜。我浑身酸痛，走路也会睡着。起初，我以为我能轻而易举把这种劳动生活和我的文人习气协调起来，要这样做只消在生活中坚持某种表面的秩序就够了。我住在楼上的正房，规定早餐和午餐后给我端上掺蜜酒的咖啡，上床后读《欧洲导报》。但是有一次我们的神父伊凡来了，一会儿就把我的蜜酒喝了个精光；《欧洲导报》也落到了神父女儿们的手里，因为在夏天，尤其赶上割草的时节，还没等我回到自己的眠床，就在干草棚里、雪橇上或随便什么地方的守林小屋里睡着了，哪儿还顾得上读书看报？慢慢地，我搬到楼下来住，饭也在下人的厨房里吃，我往日的奢华全部消失，就只剩下这几个仆人，他们还是伺候过我父亲的，辞退他们我心里舍不得。

“开头几年我被选为当地受人尊敬的民事法官。有一阵子，我经常进城去参加会审和区法院的会议，这事很能使我消愁解闷。当你闭门不出后，在这儿待上两三个月，特别是在冬天，你最终会想念那些穿黑色常礼服的人。在区法院就既有穿常礼服的，也有穿制服的，还有穿燕尾服的，都是法律界人士，受过共同的教育。可与交谈的人有的是。在睡过雪橇、吃过下人的饭菜以后，坐在安乐椅上，穿着干净的衣衫、轻便的皮鞋，胸前挂着项链——这是何等奢侈的生活！

“在城里，我受到殷勤的接待，我乐意与人结识。在与所有人的结识中，最有意思，也是我最感欣慰的事，老实说就数认识卢加诺维奇，区法院院长的同事。你们两位都知道他，这是一位最可亲可敬的人物。认识他正好是在审理那件有名的纵火案之后，审理持续了两天，我们都觉得乏了。卢加诺维奇看了看我说：

“‘我跟您说，到我家吃饭去。’

“这使人感到意外，因为我和卢加诺维奇不太熟，只是正式场合的点头之交，一次也没有到他家做过客。我只是马上到自己房间去换了身衣服，就动身吃饭去了。这时我得到了与安娜·阿列克赛耶夫娜——卢加诺维奇的妻子认识的机会。那时她还很年轻，不超过二十二岁，半年前刚生下第一个孩子。那已是过去的事了，如今我恐怕难以确定她身上究竟有什么不同凡响的地方，我究竟喜欢她身上的什么东西，而当时在吃饭的时候，在我看来这却是比什么都一清二楚、毋庸置疑的。我见到了一位年轻、出色、善良、知书达理、令人倾倒的女人，一位以往我从未遇见过的女人。我立刻感觉到她是一个可亲近的人，一个一见如故的人。这脸庞，这双彬彬有礼而睿智的眼睛，我童年的某个时候从放在我母亲五斗橱内的相册里就已经见过了。纵火案指控四个犹太人有罪，认定其为一伙，我认为根本站不住脚。吃饭的时候我非常激动，心情沉重，我已记不起当时说了些什么话，只记得安娜·阿列克赛耶夫娜一直摇头并对丈夫说：

“‘德米特里，怎么会这样呢？’

“卢加诺维奇是个好心人，属于那样一些心地朴实的人。这些人坚定地认为，假如一个人被告上法庭，那就意味着他有罪。对判决的怀疑只有通过法定程序，用书面方式可表达，而不是在饭桌上，也不是在私下里谈话的时候。

“‘我和您没有纵火，’他委婉地说，‘所以我们不会被起诉，也不会被送去坐牢。’

“他们俩，无论丈夫还是妻子，都力劝我多吃一点，多喝一点。从某些细节，比如他们俩一起煮咖啡，从他们彼此只消把话刚提个头就能心领神会这一点，我断定他们过得很融洽，事事如意，而且双方都很好客。午餐以后两个人一起弹钢琴，后来天色暗下来，我就回家了。这是初春的事。此后整个夏季我都是在索菲伊诺度过的，没出过家门，我甚至顾不上想城里的事，然而对这位身材苗条、皮肤白皙的女子的回忆，却每日每时都没有离开过我：我并不思念她，但是她那轻盈的身影却仿佛常驻在我的心头。

“深秋的时候城里举行募捐义演。我走进省长包厢（幕间休息时我被邀请到这里），一看——省长夫人和安娜·阿列克赛耶夫娜并排坐在一起，依然是那姣好的姿容和那双亲切温存的眼睛留下的沉鱼落雁、摄人心魄的印象，依然是那种近在咫尺的感觉。

“我们并排坐在一起，后来就走进了休息室。

“‘您瘦了，’她说，‘您生过病了吗？’

“‘是的。我的肩膀受了凉，遇上雨天就睡不好觉。’

“‘您看上去精神不好。春天，您来吃饭的那一回，显得年轻，有精神。您当时情绪高涨，说的话也多，很有趣味。老实说，我甚至对您有点迷恋。不知为什么，在长长的夏天里，您经常出现在我脑海里，而且今天，我准备看戏的时候，我觉得我会见到您。’

“说着她笑了起来。

“‘可是您今天一副精神不振的样子，’她又说道，‘这使您显老了。’

“第二天，我在卢加诺维奇家吃早餐。早餐以后他们乘车去自己的别墅张罗过冬的事儿，我随同前往。我随他们回到城里，中午在安宁的家庭氛围里和他们一起品茶，当时壁炉里烧着火，年轻的母亲不断地走开一会儿去看看她的小女孩儿睡着了没有。从此以后每逢我进城，必定上卢加诺维奇家。他们对我习惯了，我对他们也一样。通常，我像自家人一样，未经通报就登堂入室。

“‘谁来了？’从深远的房间里传来一个慢悠悠的声音，我听起来是那么优美动听。

“‘是巴维尔·康斯坦丁内奇。’女仆或保姆说。

“安娜·阿列克赛耶夫娜脸上露出关切的神情出来见我，每一次总问：‘您为什么这么久没有来了？发生什么事了吗？’

她的眼神，她那向我伸过来的高贵的纤手，她那居家穿着的衣服、发式、嗓音和步态，每每在我身上产生一种相同的新鲜印象，一种在我一生中非同寻常和重要的印象。我们长时间地聊天，长时间地沉默，各自想着自己的事，或者她给我弹钢琴。假如遇上家里两个主人都不在，我就留下来等，就和保姆聊天，逗小孩儿玩，或者就躺在书房的土耳其沙发上看报。等安娜·阿列克赛耶夫娜回来，我就走到前厅去迎接，从她手里接过她买回来的东西。不知为什么，每当我提着这些东西时总怀着那样一种爱意，那样一种庄严感，仿佛一个孩子似的。

“有道是女人无事，就自找麻烦。卢加诺维奇夫妇无事就和我交上朋友。如果我许久不进城，那就表示我病了，或碰上什么事了，于是他们俩就忧心忡忡。他们担心的是我这个受过教育、懂多门语言的人，不去从事科学或文学创作，却避居乡间，像踩轮子的松鼠一样辗转忙碌，长年劳作，竟不名一文。他们觉得我在受苦受难，即使我侃侃而谈，放声大笑，大快朵颐，也只是为了掩饰自己的苦楚；甚至在欢乐的时候，当我心情愉快的时候，我也能感觉他们投向我的探询的目光。在我真的心情沉重，被某个债主所逼，或身边缺钱不能支付到期的款项时，他们的表现尤其令人感动。夫妻俩在窗前窃窃私语，然后神色凝重地走到我跟前说：‘巴维尔·康斯坦丁内奇，如果您现在需要钱用，我和妻子请您别不好意思，向

我们开口好了。’

“他的耳根因为激动而发红了。真有这样的事，他在窗口窃窃私语过后，双耳通红地走到我面前：‘我和妻子恳切地请求您接受我们的这件礼物。’

“于是递过来几个领扣、一个烟盒或一盏灯。作为回报，我从乡下捎去猎获的鸟、油脂和鲜花。顺便说一声，他们俩都是家境殷实的人。起初我常向别人借钱，而且不分对象，只要能借到就行，但是无论如何没有一种力量会促使我去向卢加诺维奇家借钱。不过说这干吗呢！

“我运气不好。无论在家里、在田头还是干草棚里，我时常想念她，试图弄清楚一个年轻、漂亮、聪明女人的秘密，她所嫁的是一个乏味的男人，几乎是个老头（丈夫已经年过四十），她还和他生儿育女，我试图弄清楚这个乏味、善良、憨厚人的秘密。他推理的时候具有如此枯燥乏味的判断力，他在舞会和晚会上站在风度翩翩的人们旁边，无精打采，显得多余，表情恭顺而淡漠，似乎是被带到这儿来出售的，但是他相信自己有权获得幸福，有权和她生儿育女。我一直在试图弄清楚一个问题，为什么她遇到的竟是他，而不是我，我们的生活中为什么需要产生如此可怕的错误。

“来到城里的时候，我每一次都从她的眼神里看出她在期待着我；她本人也对我直言不讳，一清早她就有一种特别的感觉，她猜测我会到来。我们倾谈良久，沉默良久，但是我们彼此都不承认有爱慕之心，怯生生地将它藏在心底，生怕被人夺去。所有可能向我们自己揭开我们秘密的东西，我们都害怕。我温存、深沉地爱着，但是我反复思考，询问自己，如果我们缺乏力量去克制我们的爱情，它会导致什么结果。我似乎难以想象我这无言、忧伤的情爱会突然无情地中断她丈夫、儿女和这整幢房子里生活的幸福流程，这幢房子里的人是那么爱我，信任我。这样做正当吗？要是她能跟我走，可该去往何处？我能把她带往何方？假如我有一种美好、富有趣味的生活，假如我，比方说正在为祖国的解放而奋斗，或者我是一个著名的学者、演员、画家，那就是另一回事了，否则就会将她从一种平凡、无聊的环境引入另一种同样的，或更为无聊的环境。再说我们的幸福难道能够长久延续下去吗？一旦我生病、死亡，或者就是我们彼此不再相爱，她会怎么样呢？

“看样子她也在用类似的方法思考。她想她的丈夫、子女、母亲，后者爱她的丈夫如同亲子。如果她移情别恋，那就只好或者撒谎，或者说出真相，处在她的位置，无论前者还是后者同样是可怕而尴尬的。有一个问题使她苦恼：她的爱会不会给我带来幸福，这种爱会不会使我本来就已很艰难、充满各种不幸的生活变得更加复杂？她觉得对我来说，她已不够年轻，她不够勤劳，精力不够充沛，不足以开始一种新的生活，所以她常对丈夫说，我需要娶一个聪明、相般配的姑娘，这样的姑娘应是一个女主人、好帮手——但是她马上又补充说走遍全城未必找到这样的姑娘。

“与此同时，日月如流。安娜·阿列克赛耶夫娜已经有了两个孩子。在我来到卢加诺维奇家时，仆人彬彬有礼地向我微笑，孩子们高喊巴维尔·康斯坦丁内奇叔叔来了，把两臂吊着我脖子上。一家人都很高兴。他们不明白我心里是什么感受，认为我也很高兴。大家从我身上看到一个高尚的人。无论成人还是孩子都觉得是一个高尚的人在他们房间里来回踱步，这给他们与我的关系带进了某种特殊的魅力，仿佛有我在场，他们的生活变得更加纯洁，更加美好了。我和安娜·阿列克赛耶夫娜一同上剧院看戏，每次都是步行；在椅子上，我们并排而坐，彼此肩碰着肩，我默默地从她手里拿过望远镜，这时我觉得她与我是那么亲近，她是我的，我们彼此谁也少不了谁。然而由于某种奇怪的、说不清的原因，一出剧院我们都形同陌路，告别后分道扬镳。天晓得城里已经怎么样对我们说三道四，不过人们说的话没有一句是事实。

“近几年安娜·阿列克赛耶夫娜开始经常出门，或去看望母亲，或去看望姐姐；她已经常情绪不佳，意识到生活不如意，被毁坏，这时便下意识地既不想见丈夫，也不想见子女。她已经因神经功能失调而去看医生了。

“我们俩都不说话，大家也不说话。有旁人在场时，她对我怀有某种奇怪的怨愤之情；不管我说什么她都不赞成，如果我争辩，她就站在我对手一边。我失落什么东西时，她便冷冷地说：‘祝贺您。’

“如果和她去剧院的时候我忘了带望远镜，过后她会说：‘我早就知道您会忘记。’

“不管幸运还是不幸，无论早晚都不会有结果的事，在我们的生活中一件也没有发生。到了别离的时候，因为卢加诺维奇被任命到西部的一个省去当主席。他需要把家具、马匹和别墅卖掉。大家乘车来到别墅，然后就回程，回过头去最后望一眼花园、绿色的屋顶。这时大家心里都很难过，我明白已到了不只是和别墅告别的时候。已经决定，八月底我们送安娜·阿列克赛耶夫娜去克里米亚，是医生让她去那里的，过后不久卢加诺维奇再带孩子到自己西部的省去。

“我们一大帮子人替安娜·阿列克赛耶夫娜送行。她跟丈夫和孩子道了别，离第三遍铃只剩一瞬间了，这时我跑进她的包厢，将她的一只篮子放到行李架上，她差点忘了它。需要和她道别。在这里，当我们的目光相遇的时候，内心的力量使我们两人留了下来，我拥抱了她，她把脸贴着我胸口，眼里滚下了泪珠。在吻她的面颊、双肩和泪湿的双手时——哦，我和她是多么不幸！——我向她承认了自己对她的爱。我心里怀着剧烈的疼痛，明白妨碍我们相爱的东西是那么多余、渺小，是那么虚假。我懂得了，假如你已坠入了爱河，那么在你判断这种爱情的时候，就要从最高的，比一般意义的幸福或不幸、罪过或善行更重要的高度出发去看问题，或者根本就不需要去判断。

“我最后一次吻了她，握了她的手，我们就分别了——永远地。火车已经启动。我坐到了隔壁的包厢——里面空无一人——直至第一个停靠站，我一直坐在那里哭泣。然后我步行回到索菲伊诺自己的家里……”

文森特·凡高《火车站》

在阿列辛叙述的时候，雨止了，太阳露出了云端。布尔金和伊凡·伊凡内奇走到阳台上。从这里眺望花园和水面，景色很美，现在在阳光下水面像镜子一样闪闪发亮。他们欣赏风景，同时又感到可惜，这个长着一双善良聪明眼睛的人，这个刚才如此坦率地向他们叙述的人，在这座巨大的庄园里确实像踩轮子的松鼠一样在徒劳辗转，不能去做学问或使他的生活变得快乐一些的别的事情。他们还在想，当他在包厢里和她道别，亲吻她的面颊和肩膀时，她的面容是何等悲伤。他们俩在城里常遇见她，布尔金甚至还认识她，而且认为她漂亮。

1898年

没有出嫁的新娘

一

已经是约莫晚上十点时分，一轮满月高照在花园上空。舒明家的屋子里刚做完彻夜祷告，这是祖母玛尔法·米哈伊洛夫娜叫来做的。娜佳走到花园里去待上一小会儿，这时她看见大厅里正往餐桌上端饭菜，祖母穿着华贵的丝绸连衣裙忙进忙出；大教堂的神父、大司祭安德烈和娜佳的母亲尼娜·伊凡诺夫娜说着事儿，此刻在夜晚灯光的映照下，透过窗户看去，母亲不知怎么的显得非常年轻。旁边站着安德烈神父的儿子安德烈·安德烈伊奇，他在专注地听着。

花园里静悄悄、凉爽爽的，地面上静静地躺着一个个憧憧的阴影。远方某处，很远很远的地方，也许在城外，传来声声蛙鸣。谁感觉得到亲切的五月的气氛，都不由得要深深地吸上一口气，想到不是在此地，而是在苍穹下的某处，林梢的上方，远离城市的所在，在田野和林间，此时此刻春的生命，神秘、美好、丰富和神圣的春的生命，正在蓬勃伸展。而这样的生命，脆弱、有罪的人是无法理解的。于是不知为什么，人就怆然涕下。

她，娜佳，已经二十三岁了。从十六岁那年起，她就热切地希望出嫁，现在，她终于成了安德烈·安德烈伊奇，也就是站在窗户里面一边的那一位的未婚妻。她喜欢他，婚礼定在七月七日，然而此时却感觉不到快乐，夜间她睡不好觉，欢乐的心情荡然无存……从厨房所在的地下层，透过敞开的窗户可以听见里面的忙忙碌碌，刀子的叮当声，装滑轮的门扇乒乒乓乓的撞击声，闻得到炸火鸡和醋渍樱桃的气味。这时不知怎么的，她似乎觉得现在全部生活就将这么过下去，没有间隙，没有尽头。

正好有人走出屋去，在门廊台阶上止住了脚步。这是亚历山大·季莫费耶伊奇，或者叫得随便一点就是萨沙[①]，大约十天前来自莫斯科的客人。从前祖母的一个远房亲戚玛丽娅·彼得罗夫娜常来祖母这儿请求周济，她是一个破落的贵族寡妇，个子小小瘦瘦，病病歪歪。她有个儿子叫萨沙，不知什么原因大家说起他时，都称他是个出色的画家。他母亲死了以后，祖母为了拯救自己的灵魂，送他到莫斯科进了警察学校，大约过了两年他转到美术专科学校，在那里几乎待了十五年，勉勉强强从建筑艺术系毕了业，不过他依然没有搞建筑艺术，而是在莫斯科的一家石印工厂做事。几乎每年夏天他都要来祖母这里，通常都病得厉害，所以借此休息和养病。

现在他身上穿一件系上扣子的常礼服和一条旧帆布裤子，裤脚的下沿踩在脚后跟下面，衬衫未经熨烫，整个人显出一副疲惫不堪的样子。他很瘦，长着一双大眼睛，手指修长瘦削，留着大胡子，面色黧黑，不过仍然很漂亮。他已和舒明一家相处得很熟，就像自家人一样，在他们那里，他觉得就像在自己家里一样。他在这里住的房间早就被叫作“萨沙的房间”了。

他站在台阶上看见了娜佳，就向她走去。

① 萨沙，亚历山大的简称。

“你们这儿挺好的。”他说。

“当然好。您最好在这儿住到秋季。”

“是啊，大概只能这样了。我在你们这儿大概会住到九月前。”

他无缘无故地笑起来，就在旁边坐了下来。

“我现在坐着，从这儿看我妈妈，”娜佳说，“从这儿看上去她显得那么年轻！当然，我妈妈有弱点。”她停了一会儿又说道：“不过她仍然是个不平凡的女人。”

“是的，一个好人……”萨沙附和说，“您的妈妈从她自己方面说当然是个心地很善良而且很可爱的女人，可是……怎么对您说呢？今天一大早我到了你们家厨房，那里四个仆人直接在地板上睡觉，没有床铺，代替被褥的是一堆破布，一股臭气，爬满臭虫和蟑螂……和二十年前一样，毫无变化。再说奶奶，托上帝的福，她那么大的年纪。而妈妈，她不是会说法语，参加演戏吗，她似乎能明白这一点。”

萨沙说话的时候就在听者面前伸出两根长长瘦瘦的手指头。

“因为不习惯，我觉得这里的一切不知怎么的有点陌生。”他接着说，“鬼知道，这儿每个人什么事也不做。妈妈整天优哉游哉，像个公爵夫人似的，奶奶也什么事也不做，您也一样。还有那位未来的新郎官安德烈·安德烈伊奇同样什么事也不做。”

这番话娜佳去年就听说过了，而且好像前年就听过了，她知道萨沙不会发别的议论，以前这些话逗得她发笑，现在却不知为什么，她觉得腻烦了。

“这些话都是老生常谈了，早就烦死人了，”说着她站了起来，“您最好还是想些新鲜点儿的话题说说。”

他笑起来，也站了起来，两人便向屋里走去。她，个子高挑，容貌姣好，身材苗条，现在和他并排走在一起显得非常健康和漂亮。她感觉得到这一点，她开始怜悯他，不知怎么的觉得不自在起来。

“您常说许多多余的话，”她说，“就在刚才您还说到我的安德烈，可是您并不了解他。”

“我的安德烈……上帝保佑他，您的安德烈！我正为您的青春惋惜呢。”

他们走进大厅时，那里已经坐下来吃晚餐了。祖母，或者按家里人对她的称呼叫奶奶，身体很胖，样子不好看，眉毛很浓，嘴上长着茸毛，大声说话，凭她说话的声音和口气就能清楚地看出，家里她说了算。商场里有几排货摊，还有这幢带廊柱和花园的老式房子都属于她，但是她每天早晨还是要祈求上帝拯救她免遭破产，而且祷告时还要落泪。她的儿媳妇，娜佳的母亲尼娜·伊凡诺夫娜长着一头浅色头发，腰身系得很紧，戴夹鼻梁眼镜[①]，每个手指都戴着钻戒。安德烈神父，一个老头，瘦瘦的，没有牙齿，他的表情仿佛打算说出一件非常好笑的事来。他的儿子安德烈·安德烈伊奇，娜佳的未婚夫，长得胖胖的，相貌堂堂，留着一头鬈发，像个演员或者画家。这三个人都在谈论催眠术。

“你在我这儿待一个星期病就会好，”奶奶对萨沙说，“不过你得多吃点儿。看你像什么样子！”她叹口气说：“你变得样子可怕了！看你的样子真是地地道道的浪子一个。”

“孽种荡尽了从父亲那里得来的财产，”安德烈神父眯着一双笑眼慢腾腾地说，“就去放牧不通灵性的牲口了……”

“我喜欢我老爸，”安德烈·安德烈伊奇摸摸父亲的肩膀说，“一个了不起的老头，一个善良的老头。”

---

① 原文为法文。

大家都不说话了。萨沙突然笑起来，拿餐巾掩住了嘴。

“也许您相信催眠术?”安德烈神父问尼娜·伊凡诺夫娜。

“当然，我不能肯定我相信，”尼娜·伊凡诺夫娜脸上露出十分严肃，甚至严厉的表情回答说，“不过我应当承认自然界有许多神秘和费解的事情。”

“我完全同意您的见解，虽然我应当补充自己的意见，信仰使我们缩小了神秘事物的范围。”

端上来一只很肥的大火鸡。安德烈神父和尼娜·伊凡诺夫娜仍在继续自己的谈话。尼娜·伊凡诺夫娜手指上的钻戒熠熠生辉，后来她的眼睛闪出了泪花，她激动起来。

“虽然我不敢和您争论，”她说，“可是您得同意生活中有那么多未解之谜!”

“一个也没有，我敢向您保证。”

晚餐后，安德烈·安德烈伊奇拉小提琴，尼娜·伊凡诺夫娜用钢琴伴奏。十年前他毕业于大学语文系，但是没有在任何地方供过职，没有固定工作，只是偶尔参加慈善性质的音乐会，在城里，人们称他为演员。

安德烈·安德烈伊奇在演奏，大家都在默默地听。桌上的茶炊发出轻轻的沸腾声，只有萨沙一个人在喝茶。后来，当时钟敲响十二点的时候，提琴突然断了一根弦。大家笑起来，忙碌起来，纷纷开始告辞。

送走未婚夫后，娜佳上楼，去往自己的房间，她和母亲住在楼上（楼下归祖母住）。楼下大厅里开始熄灯，萨沙还坐着喝茶。他总是按莫斯科的习惯长时间地喝茶，一次喝上六七杯。娜佳脱衣躺在床上时还听见楼下仆人在收拾，奶奶在生气。最后一切归于宁静，只是偶尔听见楼下萨沙在自己房间里粗声咳嗽。

二

娜佳醒来的时候大约两点钟。天色已近黎明。远处的更夫在打更。她没有睡意，躺在床上觉得软绵绵的，浑身不自在。就如在以往所有的五月之夜那样，娜佳在床上坐起身，开始东想西想。想的事情还是和昨天夜里一样，依然是单调、多余、缠人的思绪，她想到安德烈开始追求她，向她求婚，然后肯定了这个善良的聪明人身上的优点。然而不知为什么现在，离结婚不到一个月的时候，她开始感到恐惧、不妥，似乎等待她的是某种捉摸不定、沉重难受的东西。

“嘀——笃，嘀——笃……”更夫懒洋洋地敲着梆子，“嘀——笃……”

从陈旧的大窗户往外看，能见到花园，再远处是一丛丛鲜花盛开的丁香树，显得睡意蒙眬，在寒气中有点软绵绵。夜雾，白色、浓密的夜雾静悄悄地飘向丁香树，想把它们笼罩起来。远处的村庄里白嘴鸦在啼鸣。

“天哪，我为什么心头这么闷!”

也许所有临嫁的新娘都会有同样的感受。谁知道呢？或许这是萨沙的影响？可是之前的那些话萨沙已经连续讲了好几年了，而且他讲这些话的时候，总让人觉得天真和奇怪。然而为什么萨沙还在她脑子里挥之不去呢？为什么？

更夫早已不在打更了。鸟儿开始在窗下和花园里喧闹，雾气已从花园里消散，四周的一切沐浴在春光里，仿佛露出了一张张笑脸。不久被阳光晒得懒洋洋的花园便整个儿处在温情的包围之中，活跃起来，一滴滴露珠像宝石一样在树叶上闪烁着晶莹的光芒；早已荒芜的古老花园在今天早晨看上去是如此年轻、漂亮。

奶奶已经醒来。萨沙开始用粗重的声音咳嗽。听得见楼下已摆上茶炊，正在搬动椅子。

时钟在徐缓地走动。娜佳早已起身，早就在花园里散步，清晨还迟迟不肯离去。这时尼娜·伊凡诺夫娜脸上带着泪痕，手里拿着一杯矿泉水出现了。她对招魂术和顺势疗法[1]感兴趣，看了许多书，喜欢谈自己所怀疑的问题，这一切，娜佳觉得蕴藏着深奥、神秘的含义。现在她吻了吻母亲，和她并排走去。

“妈妈，你为什么哭了?”她问。

“昨天夜里我开始看一篇小说，小说描写了一个老头和他的女儿。老头在一个地方供职，但是他的上司爱上了他的女儿。我没有看完，不过小说里有一个地方叫人忍不住要掉眼泪。”尼娜·伊凡诺夫娜说着从杯里喝了一口水，“今天早上我想到这个情节，又掉眼泪了。”

“这些天我老觉得不愉快，”娜佳沉默了一会儿后说道，“我为什么在夜里总睡不着觉?”

“我不知道，宝贝儿。我夜里睡不着觉的时候就紧紧地闭上眼睛，你看，就这么闭着，心里想象着安娜·卡列尼娜，想象她走路的样子，说话的样子，或者想象某一件历史上的事，古代世界中的事……”

娜佳觉得母亲不理解她，也理解不了。她平生第一次有这种感觉，所以她甚至害怕起来，想让自己躲藏起来，于是走开，回到自己房间里。

① 顺势疗法，18世纪末德国医师哈内曼创立的疗法，主张用微量的致病药物治疗对应的疾病，如果使用大剂量，反而会导致该病。

两点钟时大家坐下用午餐。这天是星期三，守斋的日子，所以端给祖母的是甜菜红汤和稀饭煮鳊鱼。

为了逗祖母，萨沙既吃了自己的荤汤，又吃了素的甜菜红汤。大家吃饭的时候，萨沙不停地说笑话，但是出自他口中的笑话十分冗长，而且老想借此教训人，结果一点也不好笑。他在说俏皮话前向上竖起两根长长瘦瘦的手指，这使人想到他病得很重，也许将不久于人世，禁不住要对他生出怜悯之心，甚至忍不住伤心落泪。

午餐以后祖母回房休息去了。尼娜·伊凡诺夫娜弹了一会儿钢琴，后来也走了。

“哎呀，亲爱的娜佳，”萨沙开始了自己午后的日常话题，“假如您听进了我的话！假如！”

她深深地陷在老式安乐椅里，闭着眼，他静静地在房间里踱步，从这头到那头。

“假如您出去求学！”他说，“只有受过教育的和纯粹的人才有意思，只有他们才是需要的人。要知道这样的人越多，天国降临大地的日子越快。到那时，你们的城市渐渐地会被夷为平地——一切都会底朝天，向上飞走，一切都会变了模样，跟施了魔法似的。到那时，这里会有高大华丽的屋宇、美丽的花园、喷泉、不同凡响的优秀人物……不过主要的还不在于此。主要的是我们印象中的芸芸众生，现在他们还是我们印象中的那种样子，到那时他们就不会那么坏了，因为每个人都会有信仰，每个人都会知道自己为什么活着，没有一个人会从芸芸众生中去寻找支持。亲爱的好姑娘，走吧！让所有的人看到您对这死水一潭、灰色而罪恶的生活已经厌倦。即使您让自己看到这一点也好！”

“不可能，萨沙，我要嫁人了。”

“唉，够了！谁需要这个？”

他们两人走到花园里，走了不多一会儿。

“不管怎么样，我的好姑娘，应该仔细想一想，应该明白，你们这种游手好闲的生活是多么的肮脏，多么的不道德。”萨沙继续说，“您要明白，如果，比方说，您，您的母亲，还有您的奶奶什么事也不做，那就意味着另一个人在为你们干活，你们把别的什么人的生活吞食了，这难道干净吗，不肮脏吗？”

娜佳想说：“不错，这是实话。”她想说她心里明白，但是泪珠儿滚出了眼眶，她突然沉寂不语，全身缩成一团，回到了自己房里。

傍晚前，安德烈·安德烈伊奇来了，像以往一样拉了好长时间的小提琴。总的来说，他不善言谈，他喜欢拉提琴，也许是因为拉琴的时候可以不说话。十点钟，在起身回家时，他已穿上大衣，拥抱了娜佳，开始贪婪地亲吻她的面颊、肩膀和双手。

“我珍贵的，亲爱的，美丽的姑娘！……”他喃喃地说，“哦，我多么幸福！我兴奋得要疯了！”

她仿佛觉得这些话她好久以前就听到过了，那还是非常久远的时候，或者她在某一本小说里读到过，那是一本旧的、撕破了的、早已丢弃的书。

大厅里萨沙坐在餐桌边喝茶，用他那五根长长的手指托着茶碗的衬碟。奶奶摊开了纸牌在算卜，尼娜·伊凡诺夫娜在看书。圣像前的灯火发出毕剥的声响，一切显得宁静而如意。娜佳和大家道过别就上楼回到自己房间，她躺下来，立刻就睡熟了。但是和昨天一样，天刚破晓她就醒了。睡意已消，感到心绪不宁，心头沉重。她坐起身，把头支在膝头，想着未婚夫，想着婚礼……不知为什么她想到母亲并不爱自己的丈夫，现在一无所有，完全靠自己的婆婆也就是奶奶生活。不管怎么想，娜佳依然想不明白为什么至今她还在自己母亲身上看到某种独特、不平凡的东西，为什么看不出她是一个普通、平凡而不幸的女人。

楼下萨沙也没有睡——听得见他在咳嗽。娜佳想，这是个奇怪而天真的人，在他的理想中，在所有那些美丽的花园、不同寻常的喷泉里，感觉得到某种荒诞不经的东西；然而在他的天真里面，甚至在这些荒诞不经的东西里面，不知为什么存在着如此美好的东西。这使她刚一想到她该不该出去求学，整个心灵，整个胸膛就会袭上一股清清的凉意，充满了愉快、兴奋的感觉。

“不过还是不去想它好，还是不想好……”她悄悄地对自己说，“不应该这样想。”

“嘀——笃……”远处更夫在敲着梆子，“嘀——笃……”

三

六月中旬，萨沙突然觉得无聊，打算去莫斯科了。

“这个城市我待不下去了，”他郁郁不乐地说，“既没有自来水，也没有排水系统！吃饭的时候我简直恶心得吃不下去：厨房里脏得不能再脏了……”

“再待几天吧，浪荡子！”祖母不知什么原因压低了声音悄悄劝他，“七日就要办喜事了！”

“我不想再待了。”

“你不是想在我们这儿住到九月再走吗？”

“现在可不想待了。我得干活了！”

遇上了一个潮湿、阴冷的夏天，树木湿漉漉的，花园里的一切看上去阴沉沉的，令人心情抑郁，确实使人想到该干活了。楼上楼下的各个房间都传出陌生女人的说话声，祖母房里缝纫机在嗒嗒作响——这是在赶制嫁妆。光是为娜佳做的毛皮大衣就有六件，其中最便宜的一件，据祖母说也值三百卢布！忙忙碌碌的景象使萨沙十分生气，他坐在房间里发脾气。但是大家都劝他留下来，他答应说会待到七月一日，不会更早。

时间过得很快。在彼得节[1]，午餐以后，安德烈·安德烈伊奇陪娜佳到莫斯科街再次去看房子，这是早就租下来为新婚夫妇准备的。房子有两层，眼下只收拾好了楼上的一层。大厅里铺着亮光光的镶木地板，摆着维也纳风格的椅子、钢琴、提琴和乐谱架。闻得到一股油漆味。墙上挂着一幅装在金色画框里的油画：画的是一个裸女，她旁边是一只断了把的紫色花瓶。

“一幅好画，”安德烈·安德烈伊奇说，出于敬仰之心他赞叹了一声，“这是画家希施马契夫斯基的手笔。”

再进去是客厅，放着圆桌、沙发和几张圈椅，包着鲜艳的蓝色面料。沙发上方是安德烈神父的大幅肖像，头戴法帽，胸佩勋章。然后两个人走进带餐柜的餐厅，接着走进了卧室。这里，在半暗不明的光线下并排放着两张床，似乎当初在安排卧室的时候就已经考虑到现在这样摆无论何时都会觉得很好，别的摆法不可能有。安德烈·安德烈伊奇带娜佳走进一个个房间，一直搂着她的腰。她觉得自己虚弱无力，心中有愧，她恨这里所有的房间、床铺、圈椅，裸体的女士使她感到恶心。她已经明白，她已不再爱安德烈·安德烈伊奇，或者她可能从来就没有爱过他，然而这件事怎么说，对什么人说，为什么会有这些想法，她不明白，也无法明白，尽管她日日夜夜都在想这件事……他搂着她的腰，说起话来是这样亲切、温雅，在自己的居处走来走去的时候是这样幸福。可是她从这一切看

① 彼得节，基督教节日。

到的只是愚蠢，未加掩饰和难以忍受的庸俗，连他那搂着她腰部的手，她也觉得很生硬，冷冰冰的，仿佛一个桶箍。她每时每刻都想逃走，放声大哭，从窗口跳出去。安德烈·安德烈伊奇带她走进浴室，在这里，他碰了碰装进墙里的龙头，水突然流了出来。

“怎么样？”说着他大笑起来，“我吩咐在阁楼上装了一个可容一百维德罗的水箱，这样我们就有自来水了。”

他们俩走进院子，接着走到外面，叫来了马车。尘土飞扬，犹如稠密的乌云，看样子仿佛马上要下雨似的。

“你觉得冷吗？”安德烈·安德烈伊奇因为尘土而眯起了眼睛，问道。

她没有吭声。

“你记得，昨天萨沙指责我什么事也不做。”他静默了一会儿后说道，“又怎么样呢，他说得对！无比正确！我什么事也不做，也不会做。亲爱的，为什么会这样？为什么我甚至一想到有朝一日我脑门上会戴上制帽，出去供职，心里就这么反感？为什么我一见到律师，或者拉丁语教师，或参议会议员就浑身感到不自在？哦，俄罗斯母亲！哦，俄罗斯母亲，你身上还会负荷多少游手好闲、毫无用处的人！你身上负荷着多少像我这样的人啊，灾难深重的俄罗斯！”

他对自己什么事也不做这一点做了概括，从中看到了时代特征。

“等我们结了婚，”他接着说，“我们就一起到乡下去，亲爱的，在那里，我们会工作！我们给自己买下一小块地，这块地上有花园，有河流，我们将会劳动，观察生活……哦，这该有多好！”

他摘下宽檐帽，被风吹乱了头发。她听他说着，心里在想：“天哪，我想回家，天哪！”快到自己家门口时他们赶上了安德烈神父。

“看，是神父在走！”安德烈·安德烈伊奇高兴起来，挥起了帽子。“我爱自己的老爸，是的。”他在向车夫付账时说，“一个了不起的老头，好心肠的老头。”

娜佳走进屋里，想到整个晚上都有客人，想到要应付他们，强装笑脸，听提琴演奏，听各种各样的废话，想到说的都是跟喜事有关的话，她就生气，提不起精神。祖母坐在茶炊边，穿着那身绸衣服显得不可一世、雍容华贵、态度傲慢，有客人在场她看起来总是这样。安德烈神父带着狡黠的笑容走了进来。

“见到您身体非常健康，我感到舒心和莫大的欣慰。”他对祖母说，很难听出他这是在说笑话呢还是说正经话。

四

风儿敲打着窗户和屋顶，听得见呼啸声，炉炕内家神正在如怨如诉、闷闷不乐地哼着歌曲。时值夜半十二点多。屋子里大家都已就寝，但是谁也没有入睡，娜佳依然觉得楼下仿佛有人在拉提琴。传来一下猛烈的撞击声，可能是一扇百叶窗脱落了。过了一会儿，尼娜·伊凡诺夫娜只穿一件衬衫，举着蜡烛走了进来。

“刚才是什么东西哐当一响，娜佳？”她问。

母亲的头发编成一条辫子，脸上挂着胆怯的笑容，在这个风雨交加的夜晚显得老迈、不漂亮，个子也小了些。娜佳想到还在不久以前她曾觉得自己的母亲不同凡响，怀着自豪的心情听她说的话，而此刻却怎么也想不起这些话了，浮上记忆的那些东西都是那么模糊、无用。

炉炕里有几个低音在唱歌，甚至听起来像是“啊，我的天！”娜佳在床上坐起身，突然紧紧抓住头发，大哭起来。

“妈妈，妈妈，”她说道，“我亲爱的妈妈，要是你知道我发生了什么事，该多好！我请求你，央求你，允许我离开这里！求你了！”

“去哪儿？”尼娜·伊凡诺夫娜没听明白，问道，接着在床上坐了下来，“去哪儿？”

娜佳哭了好久，一句话也说不出来。

“让我离开这座城市！”她终于说了出来，“喜事不需要办，也不会办了，你要明白！我不爱这个人……而且我连说起他也做不到。”

“不，我的亲闺女，不行，”尼娜·伊凡诺夫娜大吃一惊，快速说道，“你静下心来，这是因为你心情不好。这会过去的。这是常有的事。看样子你和安德烈拌过嘴了，不过和相爱的人拌几句嘴，心里只会更舒坦。”

“得了，你走吧，妈妈，走吧。”娜佳大哭起来。

“是啊，”尼娜·伊凡诺夫娜沉默了一会儿后说道，“多久以前你曾经是个婴孩，一个小女孩，可现在已经快做新娘了。大自然一直在新陈代谢。你不会发觉自己怎么会变成一个母亲，一个老太婆，你也会像我一样，有一个固执的小女儿。”

“我亲爱的、善良的妈妈，你可是个聪明的女人，不幸的女人，”娜佳说，“你非常不幸，你为什么说这些庸俗的话？看在上帝的分上，为什么？”

尼娜·伊凡诺夫娜想说什么，但是一句话也说不出口，便抽泣了一声，回到了自己房间。炉炕里低沉的声音又呼啸起来，突然变得令人毛骨悚然。娜佳从床上一跃而起，快步向母亲房里走去。尼娜·伊凡诺夫娜泪流满面，用被子蒙着头躺在床上，手上捧着一本书。

“妈妈，你仔细听我把话说完！”娜佳说道，“我求你了，你仔细想想，心里要明白！你只需要明白一点，我们的生活微不足道和丢面子到了何种程度。我的眼睛已经睁开，现在我什么都看得见了。你的安德烈·安德烈伊奇究竟是什么样的人？要知道他并不聪明，妈妈！我的天！妈妈你要明白，他很蠢！”

尼娜·伊凡诺夫娜霍地一下坐起来。

“你和你那位老奶奶折磨得我好苦！”她抽泣了一声说，“我要活下去！活下去！”她重复说，并用拳头在胸口捶了两下：“你们给我自由！我还年轻，我要活下去，可你们却把我变成一个老太婆……”

她痛苦地哭起来，又躺了下去，在被子里缩成一团，看上去是这么小，这么可怜，这么愚蠢。娜佳回到自己房里，在窗口坐下，开始等待早晨的来临。她整夜坐着，想着，外面似乎有人还在敲着百叶窗，发出呼啸声。

早晨，祖母抱怨夜里风把花园里所有的苹果都吹落了，还刮断了一棵李子树。天色灰暗，阴沉，令人郁闷，真想点一盏灯。大家都抱怨天冷，雨点击打着窗户。喝过茶以后，娜佳走进萨沙的房间，在圈椅旁边的角落里跪下，双手捂住了脸。

“怎么啦？”萨沙问道。

“我不能……”她说道，“我以前在这里怎么生活得下去，我不明白，也理解不了！我看不起未来的丈夫，也看不起自己，看不起这儿游手好闲、毫无意义的全部生活……”

“好吧，好吧……”萨沙尚未弄清是怎么回事，说道，“这没关系……这是好事。”

“这种生活使我感到羞耻，”娜佳继续说，“在这儿，我一天也忍不下去了。明天我要离开这里。看在上帝的分上，您带我走吧！”

萨沙惊讶地看了她一会儿，终于弄明白了，便高兴得像个孩子似的。他两手一挥，用穿便鞋的脚跺起来，仿佛在因高兴而舞蹈。

“好极了！”他一面搓着手，一面说，“老天呀，这有多好啊！”

她用一双醉心的眼睛一眨不眨地望着他，像着了魔似的，等待他说出某句意义重大、无限重要的话来。他还是什么话也没有对她说，但是她却觉得她的面前已经展现出一种新的、宽广的境界。那种境界她以往是未曾知晓的，而此刻却已满怀着期待在凝视着它，愿意去做任何事情，哪怕去死。

“我明天走，”他想了想说，“您搭车到火车站去送我……您的行李我放在手提箱里带走，车票也由我替您买。到第三遍铃时，您走进车厢来——我们就出发了。您送我到莫斯科，从那儿独自到彼得堡，身份证您有吗？”

“有。”

“我向您发誓，您不会感到遗憾，也不会后悔。”萨沙兴奋地说，“您乘车走了，您将去求学，到了那里就让命运带着您前进吧。等您的生活翻了个个儿，就一切都变啦。主要的是让生活翻个个儿，其余的都不需要了。就这么定了，也就是说咱们明天出发？”

“哦，是的！看在上帝的分上！”

娜佳觉得她心里很激动，觉得她从未这么心事重重，觉得从现在起直至她离去，她将不得不经受煎熬，进行痛苦的思索；然而当她上楼回到自己房间，往床上一躺，立刻就进入了梦乡，她睡得沉沉的，脸上带着泪痕，挂着笑容，直至晚上。

五

家里派人去叫马车了。娜佳已经戴上宽檐帽，穿好大衣，走上楼去再一次看看母亲，看看自己的一切。在自己房间里，她站在被褥依然温热的床边环顾四周，然后静静地走到母亲房间里。尼娜·伊凡诺夫娜还在睡觉，房间里静悄悄的。娜佳吻了母亲，抚了抚她的头发，站了大约两分钟……接着从容地回到楼下。

文森特·凡高《雨》

外面下着大雨。张着篷的马车停在门口，整个儿湿漉漉的。

“娜佳，你和他两个人车里坐不下，”仆人把手提箱往车上放的时候，祖母说，“你真有兴致，这样的天气送客上路！你还是待在家里吧。你看看，雨下得多凶！”

娜佳想说点什么，可是说不出。这时萨沙让娜佳坐到车上，用方格毛毯盖住她的膝头。接着，自己也在旁边坐下。

“一路顺风！上帝祝福你们！”祖母从门廊台阶上大声说，“萨沙，你在莫斯科可要给我们写信啊！”

“好吧！再见，奶奶！”

“圣母保佑你！”

“可是，这天气！”

现在娜佳才哭了起来。现在她清楚地知道，她必定得离家远去了，在她和祖母道别，在她看望母亲的时候，对此，她心里仍然是将信将疑的。再见了，城市！突然间什么都涌进了她的记忆：无论安德烈，还是他父亲，无论这新的宅子，还是那裸体的女人与花瓶，这一切已经不再使她害怕，感到压抑，而是显得幼稚和微不足道，它们正在向后远去，远去。当他们两人走进火车车厢，火车启动的时候，过去的一切，这如此巨大而严肃的一切，便缩成了一团，而硕大无朋、辽阔宽广的未来正在徐徐展开，在此之前，这未来是那么不显眼。雨点敲打着车厢的窗户，只见绿色的田野、电线杆和停在电线上的鸟儿在眼前一一闪过，欢乐的心情突然攫住了她的呼吸。她想起来了，她是在奔向自由，驰向求学之路，这和很久以前投奔哥萨克[①]的行为是一模一样的。她又笑，又哭，又祈祷。

“没关系——”萨沙得意地笑着说，“没关系——”

六

秋天过去了，随后冬天也过去了。娜佳已经染上浓浓的乡愁，每天都在思念母亲、祖母，思念萨沙。一封封平静、善意的书信从家里寄来这里，看来一切都被原谅，被忘却了。五月里，考试过后她身体棒棒的，高高兴兴的，起程回家了，途中在莫斯科逗留以便见见萨沙。他还是去年夏天那副样子：胡子拉碴，头发蓬乱，还是穿着那件常礼服，那条帆布裤，依然瞪着那双漂亮的大眼睛，但是

① 哥萨克，原是14至17世纪俄国由雇工身份的自由人及边境地区服兵役的人组成的群体。15至16世纪在俄国及波兰—立陶宛境外出现所谓自由哥萨克的村社，其成员大多是逃亡的农民（1861年农奴制改革以前俄国的农民绝大多数是没有自由身份的农奴）。农奴逃亡投奔哥萨克便成为自由民。本文中契诃夫以此比喻娜佳摆脱不合心意的婚姻，获得自由。

他面色不好，一脸倦容，他变老了，也变瘦了，不停地咳嗽。不知为什么娜佳觉得他毫无光彩，土里土气。

“我的天哪，是娜佳来啦！”说着，他高兴地开怀大笑，“我亲爱的，好姑娘！”

他们在石印工厂坐了一会儿，那里充满了抽过烟的烟味和浓得叫人透不过气的油墨与颜料味。接着，两人到了他的房间，满屋子都是抽过烟的烟味，地上痰迹斑斑；桌子上，冷却的茶炊旁放着一只打破的盘子，上面有张黑黢黢的钞票；桌子和地板上有许多死苍蝇。从这一切可以看出，萨沙自己的个人生活安排得极其糟糕，过得马马虎虎，对“舒适”二字他毫不在乎，要是有人与他谈起他的个人幸福、个人生活、别人对他的爱，恐怕他会毫不理解，恐怕只会发出笑声。

“没事儿，一切都顺顺当当地应付过去了，”娜佳急急忙忙地说，“秋天妈妈到彼得堡来看过我，说祖母没有生气，只是老往我房间里走，对着四面墙壁画十字。”

萨沙兴冲冲地望着，但是发出一阵阵咳嗽，说话的声音发颤。娜佳凝视着他，不清楚他是不是真的病得很重，或者这只不过是她的感觉。

“萨沙，我亲爱的，”她说道，“您要知道自己生病了呢！”

“不，没事儿。是病了，但是不厉害……”

“唉，我的天，”娜佳不安起来，“您为什么不看病，为什么不爱惜自己的身体？我亲爱的，亲爱的萨沙。”她说着眼眶里滚出了泪水。不知为什么她的想象里出现了安德烈·安德烈伊奇，出现了裸体的女人和花瓶，出现了她既往的一切，如今她觉得如此遥远、仿佛童年一样遥远的一切。她哭泣起来，因为萨沙已不像去年那样，显得那么新鲜、有书生气、有趣味。

“亲爱的萨沙，您病得非常非常厉害。我不知道有什么办法能使您不那么苍白，那么消瘦。我是多么感激您！您简直无法想象，您为我做了这么多事，我的好萨沙！从本质上说，您现在是我最近、最亲的人。”

他们坐了一会儿，聊了一阵子。如今，当娜佳在彼得堡度完一冬以后，从萨沙身上，他的谈吐、他的笑容和他的整个身影，散发出来的是一种衰亡、陈旧、早已熟透和也许已然进入坟墓的气息。

“我后天要去伏尔加河，”萨沙说，“然后去接受马奶酒治疗。我想喝喝马奶酒。和我一起走的有我的一个朋友，还有他妻子。他妻子是个很出色的人。我一直在怂恿她，劝她出去求学。我希望她把自己的生活翻个个儿。”

谈了一阵子后，两人乘车去了火车站。萨沙招待她喝茶，吃苹果。当火车启动，她含笑挥动手绢的时候，就是从他的双脚都能看出他病得很重，恐怕不久于人世了。

娜佳回到故乡的城市已经是中午。在乘车从火车站回家的路上，她觉得街道非常宽广，房屋却又小又矮；一路不见行人，只遇到一个德国人钢琴调音师，身穿一件红棕色大衣。所有的房屋似乎都蒙着一层灰尘。祖母已经完全老态龙钟，依然身躯肥胖、样子难看，用双手抱住娜佳，把脸贴在她的肩头，哭了好久，难分难舍。尼娜·伊凡诺夫娜也老得厉害、变难看了，整个人似乎变瘦了，不过还是和以前一样紧紧地束着腰，手指上的一枚枚戒指仍然熠熠生辉。

“我的宝贝！”她全身颤动着说，“我的宝贝！”

接着，她们坐下来默默地流着泪。看得出来，无论祖母还是母亲都觉得往昔的时光已经永远失去，无法返回了——她们已经没有了社会上的地位，也没有了昔日的荣耀，更没有了邀人来家做客的权利。当轻轻松松、无忧无虑的生活突然遭遇警察夜间临门、进行搜查，原来屋里的主人犯了盗用公款和伪造证件罪时，常常会出现这种情景——于是，永别了，轻轻松松、无忧无虑的生活！

娜佳走上楼去，看见了同样的床铺，挂着白色朴素大窗帘的同样的窗户，窗外依然是那个洒满阳光、欢乐喧闹的花园。她碰了碰自己的桌子，坐了一会儿，想了一会儿。午饭她吃得很好，喝了掺有可口多脂的凝乳的茶，然而已经感到屋里缺了点儿什么，觉得一个个房间空空洞洞的，天花板也低低的。夜晚她躺下睡觉，用被子蒙着头，不知什么原因，躺在这张温暖、柔软的床上觉得可笑。

尼娜·伊凡诺夫娜过来待了一会儿，她坐下来，像犯了过错似的，提心吊胆，左顾右盼。

"怎么样，娜佳？"她沉默了一会儿后说，"你满意吗？非常满意吗？"

"满意，妈妈。"

尼娜·伊凡诺夫娜站起来，对着娜佳和窗户画十字。

"你看到，我开始信教了，"她说，"我告诉你，我现在对哲学感兴趣，一直在想啊想的……对我来说，许多事都像白昼一样一目了然了。我觉得首先要让生活过得像从棱镜片里透过那样。"

"你告诉我，妈妈，奶奶身体怎么样？"

"好像没什么问题。当初你和萨沙走了，又收到你发来的电报时，奶奶一念过电报就倒下了，躺了三天毫不动弹，后来就不断地向上帝祷告，哭泣。现在已经没事了。"

她站起来在房间里走动。

"嘀——笃……"更夫打着梆子，"嘀——笃……"

"首先要像透过棱镜片一样过生活，"她说，"换句话说也就是要让生活分成一个个最简单的元素，就像七种基本颜色似的，还应当对每一种元素进行个别的研究。”

尼娜·伊凡诺夫娜还说了什么话，她什么时候离开的，娜佳没有听见，因为她很快就睡着了。

五月过去，六月来临了。娜佳对家里已经习惯。祖母忙着张罗茶炊，深深地叹着气。尼娜·伊凡诺夫娜每到晚上就谈她的哲学，她依然像寄居的食客一样住在家里，每一个铜板都得向祖母张口去要。屋子里有许多苍蝇，每个房间的天花板似乎变得越来越低了。祖母和尼娜·伊凡诺夫娜不敢出门上街，怕遇见安德烈神父和安德烈·安德烈伊奇。娜佳在花园里、街上漫步，望着一间间房屋、一堵堵灰色的围墙，她觉得城里的一切早已变老，衰败了，这一切唯一期待的是某种年轻、新鲜的东西，期待的既不是它的终了，也不是它的开头。哦，如果这新的、灿烂的生活能早些来临该有多好，到那时可以直接、勇敢地直面自己的命运，意识到自己是正确的，去做个快乐和自由的人！这样的生活早晚会来临！祖母的房子里生活是这么安排的，在那里，四个仆人挤在一个房间，住在地下层，身处污秽之中，没有别的活法。可是会有那么一天，这间房屋到时将荡然无存，人们会忘却它，再也不会有人记起它。只有邻家院里的几个小男孩拿娜佳逗乐，当她在花园里散步时，他们敲敲栅栏，笑着逗她：

“没出嫁的新娘！没出嫁的新娘！”

收到萨沙从萨拉托夫寄来的信。他用自己欢乐、舞蹈般的笔迹写道，他在伏尔加河上的旅行非常成功，他在萨拉托夫染了点小病，嗓子失音，在医院已经躺了两个星期。她心里明白，这意味着什么，于是一种类似信念的预感涌上了她的心头。她感到难过的是这种预感和对萨沙的思绪已经不如以前那样令她激动不安了。她不由自主地有一种对生活的炽烈愿望，想到彼得堡去，而与萨沙的相识已变成一件亲切的、遥远而又遥远的往事！她通宵未眠，清晨坐在窗前倾听着。确确实实，楼下传来了人声，惊惶不安的祖母开始急切地询问什么事，接着有人失声哭起来……待娜佳走到楼下，祖母站在角落里祈祷着，她的脸上流满了泪水。桌子上放着一份电报。

娜佳在房间里久久地来回踱步，一面听着祖母哭泣，然后拿起电报看了一遍。电报通知说亚历山大·季莫费耶伊奇，或者简称萨沙，于昨天早晨在萨拉托夫因肺结核去世。

祖母和尼娜·伊凡诺夫娜去教堂安排安魂弥撒了，娜佳还在房间里久久徘徊，思索。她清楚地意识到她的生活已如萨沙所希望的翻了个个儿，意识到她在这里是孤独、陌生、多余的人，这里的一切她都不需要，既往的一切已离她而去，无影无踪，就如烈火燃尽一样，连灰烬也随风飘散了。她走进萨沙的房间，在这儿站了一会儿。

“别了，亲爱的萨沙！”她想。展现在她面前的是新的、宽广辽阔的生活图景，这种生活还不怎么清楚，充满了秘密，却令她陶醉，令她神往。

她上楼到自己房里去收拾行李，翌日早晨便告别了自己的家人，朝气蓬勃、高高兴兴地离开了这座城市——就如她自己所想的，永远地离开了。

1903年

阅读测评

请你从A类和B类任务中分别选三个完成。

《契诃夫短篇小说选》阅读测评

		内容	完成情况简述	完成情况自我评分（满分为10分）
A类	1. 写出你最喜欢的小说题目，至少两个。			
	2. 写出你阅读有困难的小说题目。			
	3. 小说中的哪个人物让你印象深刻？简单说说原因。			
	4. 选择一篇小说讲述给你的父母或者兄弟姐妹听。			
	5. 摘录小说中的一处环境描写，体会其作用。			
	6. 摘录你认为能体现“简洁”特点的某篇小说的开头（或结尾）。			
	7. 摘录小说中讽刺意味浓厚的某个片段，声情并茂地朗读它。			

续表

		内容	完成情况简述	完成情况自我评分（满分为10分）
B类	1. 为你喜欢的一篇小说画一幅插图。			
	2. 给某篇小说的人物画一幅画像，体现人物特征。			
	3. 为某个小说人物写一篇小传。			
	4. 给契诃夫写一封信，表达你读了某篇小说后的感想。			
	5. 与同学合作，选择一篇小说排一个小品。			
	6. 选择一篇小说（或某个片段），转换人称或视角，进行改写。			
	7. 哪篇小说引发了你和同学的辩论？请将你们的观点写下来，并尝试说服同学。			

阅读拓展

契诃夫态度温和，对人体贴入微，很会说笑话，对美好的事物富有鉴赏力，他早就赢得了我们深切的好感。他招呼所有的人，包括那个害臊地藏身在画布中间的莫斯克维奇在内，都同样亲切。他对自己的哥哥保持那样的态度，好像他们俩这一天已经见过面了。他踩着高凳梯子爬到上面，仔细观看着布景，欣然和大家交换意见，不是作为职业画家，而只是作为一个天生的艺术家，发表着中肯、切实的见解。但是过了一会儿，他就把大家的注意力吸引到自己讲的故事上来，这些故事大部分是临时编成的，它们具有非凡生动的形式，表现了富于感染力的幽默和深刻、精细的观察力。有时候，听着他压低声音，出色地表现各种各样的语调，大家简直就会笑死；而讲故事者本人却非常平静，神情严肃，嘴角带着不易察觉的微笑，望着那些笑得前仰后合的听众。

——维·安·西莫夫：《回忆契诃夫》

后来有许多人说，契诃夫的眼睛是淡蓝色的。其实不然，但是奇怪的是，认识他的人普遍地都有此讹见。他的眼睛是深色的，近乎褐色，同时右眼虹膜的色彩远比左眼浓，因此有时当他转动头部时，他的目光就会给人一种心不在焉的感觉。他的上眼睑有点下垂，这在画家、猎人、水手，也就是在经常需要使目光专注的人身上，是常常可以看到的。由于他戴着夹鼻眼镜，而且他要稍微抬起头来通过眼镜下方去看东西，这就往往使安东·巴甫洛维奇显得神色严峻。但是在其他时候（可惜这样的时刻在他生命最后几年里太少了），当他感到很快乐，并且动作敏捷地摘下眼镜，在沙发椅上笑得前仰后合，发出真挚动人的深沉的笑声时，这情景才是应该一看的。这时他的眼睛眯成半圆形，炯炯有神，眼角出现和蔼的皱纹，于是他的全部神态就很像他年轻时所拍的那张有名的照片里的样子：几乎没有胡子，近视眼，眉头微蹙，天真的目光带着笑意。也真奇怪，每当看着这张照片时，我就不由得想起，契诃夫的眼睛果真是淡蓝色的。

在安东·巴甫洛维奇的外貌中，很引人注意的是他的前额——宽阔，白皙，洁净，清秀，直到后来在双眉之间的鼻梁上才出现了由于沉思默想而形成的两条竖的皱纹。契诃夫的耳朵很大，样子并不美观，但是这样聪明的、知识分子型的耳朵，除了契诃夫的那一对之外，我只在托尔斯泰那儿见到过。

——亚·伊·库普林：《悼念契诃夫》

|||

过了整整一个月，7月2日夜里在巴登维勒，当所有的急救治疗都已用尽，医生便吩咐给病人喝香槟。但是，病人自己也是医生，他明白这一措施的意义。他坐着，不知怎么意味深长地用德语大声对医生说："我要死了。"然后举起酒杯，把脸转向妻子，微笑着说了一生中最后一句话：

"我好久没有喝香槟了……"

据他的妻子说，他平静地把香槟一饮而尽，静静地向左侧躺下，很快就永远沉默了。

后来，在国外举行了隆重的送别仪式，而在我国边境外，作为官方接受灵柩的俄国铁路当局，却连契诃夫的名字都不大知道……他们竟不可饶恕地、愚蠢而粗野地指定一节外面写着“专运牡蛎”字样的车皮装载灵柩，对这样的场合而言，简直是一种野蛮的行为。由于电报发生差错，作家的灵柩运抵彼得堡时几乎没有任何迎接的仪式。只是第二天到达莫斯科时，车站广场上挤满了人，许多代表团带着花圈和一束束鲜花在站台上迎接，才第一次显示出社会对这一重大损失的表现。

整个莫斯科像迎接挚友、亲人和最受爱戴的人那样迎接契诃夫，并将他送到位于新处女修道院的墓地。

……

契诃夫的创作是多方面的，他的抒情富于诗意，他的幽默感无穷无尽，他对人类美好的未来怀着坚定不移的信念。

“契诃夫的那一章还没有结束，”当时斯坦尼斯拉夫斯基写道，“人们还没有很好地把它读完，还没有探索出它的本质，就过早地合上了书。请大家重新打开，把它读完吧。”

——尼·德·捷列绍夫：《安·巴·契诃夫》

是的，他是善良的，但又是无情的。他善于憎恨，他并不是一个原谅一切的慈悲心肠的宣教者。但是他作为医生和作家，深刻地理解人类的苦难，理解人们对灾难的恐惧，他要求人们仁慈相处。

契诃夫在这方面的影响，无论过去和现在，都是巨大的。几乎所有优秀的意大利进步影片，如《罗马十一点钟》《偷自行车的人》《火车司机》《警察与小偷》《途中的幻想》等，都源于契诃夫的人道主义。

而我们有些文学作品却缺乏这种契诃夫的善良和他的严格的人道主义精神。这就使这些作品减少了或者失去了最重要的东西——感染读者心灵的力量。

以上便是我对写在那只旧香烟盒子上的全部札记的破译。正是由于这几行札记，我才得以把我对契诃夫这样一位富有魅力的人和优秀的作家的想法与读者分享。

他的一生告诉我们，人类真正的幸福并非空想，而是能够达到的。我们正是为了这种幸福而工作、斗争，并去夺取胜利的。

——康·帕乌斯托夫斯基：《金蔷薇》

名著阅读力养成丛书

朝花夕拾
白洋淀纪事——孙犁小说
湘行散记·从文自传
西游记
猎人笔记
镜花缘
骆驼祥子
海底两万里
飞向太空港
昆虫记
寂静的春天
星星离我们有多远
傅雷家书
给青年的十二封信
钢铁是怎样炼成的
名人传
雪落在中国的土地上——艾青诗选
泰戈尔诗选
唐诗三百首
水浒传
世说新语
聊斋志异
儒林外史
格列佛游记
简·爱
契诃夫短篇小说选
我是猫
山海经
呐喊
繁星·春水——冰心诗选
背影
想念地坛
昆明的雨
紫藤萝瀑布·丁香结
城南旧事
假如给我三天光明
三大师传
居里夫人自传
人类的群星闪耀时
沙滩上的童话
孤独的小螃蟹·大象的耳朵
小狗的小房子·小柳树和小枣树
“歪脑袋”木头桩
稻草人
项链·神奇咒语
愿望的实现
神笔马良
笠翁对韵

更多图书即将面世……